桃李春風一杯酒

歷代懷人友情詩

人人出版

編者序

詩作為一種情感的載體，除了排遣生活牢騷，歌詠所見草木或興發歷史感懷等主題外，自然也是與人聯繫的媒介。《桃李春風一杯酒：歷代懷人友情詩》以贈詩為主題，內容大略分成送別詩跟酬唱詩兩大類，從這樣一來一往中，不但可以窺見詩人們的友誼交際狀況，也能了解其創作的時間點與動機，將詩人的生活，勾勒出較為完整的形象。

古代交通不便，又常因貶謫調動，分離後不確定何時能再相見，便產生了許多送別詩，如王勃〈送杜少府之任蜀州〉的「海內存知己，天涯若比鄰」到現在仍是朗朗上口的句子。許渾〈謝亭送別〉：「日暮酒醒人已遠，滿天風雨下西樓。」不從離別的難分難捨著墨，而從大醉一場後的驀然失落，更顯沉痛與悲傷。現在網路世界發達，或許很難體會這樣遙遠的祝福，但不妨放慢腳步，體會不變的情意與牽掛。

既然要寄信給遠方的朋友，除了關心問候，收到後，當然也要寄詩回信，因此產生了許多酬唱詩。特別是唐朝的摯友三人組「劉元白」更是為人津津樂道，有次白居易在元稹有事遠遊的時候，相當掛念，便猜測他應該已經到達目的地，作詩記錄了這件事情。而恰好在同天，元稹真的到達了當地，還夢到與白居易、好友一起玩樂，寫下〈梁州夢〉。從這兩首心有靈犀的酬唱詩，更見證了兩人深厚珍貴的友情，後世的范仲淹跟韓琦也曾發生過這樣的趣事。而當白居易年邁，贈〈詠老贈夢得〉給劉禹錫感慨自己衰老，劉回贈〈酬樂天詠老見示〉寬慰他：「莫道桑榆晚，為霞尚滿天。」現在讀來也覺得深受鼓勵。

除了前述兩大類以外，少數收了幾首跟親情有關的詩，也收錄了幾闕詞，如晚唐韋莊〈菩薩蠻〉、清代顧貞觀、納蘭性德的〈金縷曲〉等，但因為還是以詩為主，故仍以詩選作為書名。一貫秉持「人人讀經典系列」好讀、好念、好記的選詩原則，希望能與讀者一同優遊詩海，共享片刻寧靜。

【目錄】

桃李春風一杯酒

歷代懷人友情詩

卷三◎宋朝

【卷一】

先秦、魏晉南北朝

琴歌

樂莫樂兮新相知，
悲莫悲兮生別離。

佚名

琴歌——作者為春秋時代齊人杞梁的妻子，故事載於《左傳・襄公二十三年》和《列女傳・貞順・齊杞梁妻》，丈夫為國捐軀，但齊襄公卻未按禮弔唁，引發杞梁妻悲痛，城為之崩。後來衍伸轉變成孟姜女哭倒長城的故事。

兮——助詞，表示感嘆語氣。

「樂莫樂兮」二句——此兩句也載於屈原的《九歌》中。

七步詩

煮豆燃豆萁，豆在釜中泣。
本是同根生，相煎何太急？

曹植

七步詩—出自《世説新語・文學》：「文帝嘗令東阿王七步作詩，不成者行大法。」文帝即曹丕，與作者是兄弟。此詩亦有偽造之説。

豆萁—豆的莖部。

釜—用來烹飪的鐵鍋。

煎—煎熬，比喻骨肉相殘迫害。

贈范曄

折花逢驛使，寄與隴頭人。
江南無所有，聊贈一枝春。

陸凱

范曄—南朝人，字蔚宗，能書亦善音律，所著《後漢書》為四史之一。

折花—一作折梅。

驛使—傳遞公文、書信的人。

隴頭人—北方邊塞的朋友，指范曄。後世有成語「隴頭音信」代表書信之意。

聊—姑且。

一枝春—將帶有春意的梅花象徵南方的風情，也飽含了自己真摯的情感。

懷故人詩

謝朓

芳洲有杜若，可以贈佳期。
望望忽超遠，何由見所思？
我行未千里，山川已間之。
離居方歲月，故人不在茲。
清風動簾夜，孤月照窗時。
安得同攜手，酌酒賦新詩。

芳洲—長有香草的水中小洲。
杜若—香草名，色白。屈原於《九歌》常用以比作香草美人。
間—把兩人分開。
茲—此處。
安得—要如何才能。
酌酒—飲酒。

別范安成

沈約

生平少年日，分手易前期。
及爾同衰暮，非復別離時。
勿言一樽酒，明日難重持。
夢中不識路，何以慰相思？

范安成—本名范岫，曾任安成內史，見《梁書·范岫傳》。

「分手」句—以為離別後，再相聚是很容易的。前期，預定好的日期。

爾—第二人稱代名詞，指「你」。

衰暮—衰老。

重持—再次拿起酒杯，意指兩人再相聚喝酒。

別詩 ◎二首其一

范雲

洛陽城東西，長作經時別。
昔去雪如花，今來花似雪。

洛陽城—位於今河南縣，為河南第二大城，地勢優越，為古來兵家必爭之地。

經—歷經。

江南曲

柳惲

汀洲採白蘋，日落江南春。
洞庭有歸客，瀟湘逢故人。
故人何不返，春華復應晚。
不道新知樂，只言行路遠。

江南曲—歌曲名，擬樂府風格，帶民歌色彩。
白蘋—植物名，為多年生水草。白蘋洲位於浙江省霅溪東南，因此詩而得名。
「汀洲」二句—描寫一位女子於春晚的江邊摘採白蘋。
春華—春天的花，「華」同花。女子用來形容自己的容貌易逝。
「不道」二句—作者寬慰女子，丈夫還沒回來不是因為貪於玩樂，而是因為路途遙遠。

重別周尚書

庾信

陽關萬里道，不見一人歸。
惟有河邊雁，秋來南向飛。

周尚書—即周弘正，南齊人，曾任左民尚書。因政局變盪，庾信被拘北方，周弘正被遣歸回南，因此贈此詩。

一人—指作者自己。

「惟有」二句—用大雁南飛過冬的典故，對比自己不得南歸的思鄉心情。

寄王琳

玉關道路遠，金陵信使疏。
獨下千行淚，開君萬里書。

庾信

王琳—字子珩，為南北朝時期名將。

玉關—即玉門關，在今甘肅省，為中國西北方重要的關道。時庾信被派往北魏，於音信不通之處，收到好友來信，心情複雜萬端。

信使—傳遞書信文件的使者。

疏—少。

寄徐陵

庾信

故人倘思我，及此平生時。
莫待山陽路，空聞吹笛悲。

徐陵——南朝陳人，詩文辭藻綺麗，與庾信齊名。

倘——倘若。

「莫待」二句——《晉書．向秀傳》：「晉向秀途經山陽舊廬，聞鄰人吹笛，感音而嘆，懷念亡友嵇康、呂安，遂作〈思舊賦〉以追思二人。」

【卷二】

唐朝

易水送別

駱賓王

此地別燕丹，壯士髮衝冠。
昔時人已沒，今日水猶寒。

易水—其源頭出於河北省易縣境。《戰國策·燕策三》：「風蕭蕭兮易水寒，壯士一去兮不復還。」刺客荊軻於此處告別燕丹，要準備去刺殺秦始皇。

燕丹—戰國時燕國的太子，名丹。

沒—死，通「歿」。

南行別弟

澹澹長江水，悠悠遠客情。
落花相與恨，到地一無聲。

韋承慶

澹澹──水波晃蕩的樣子。
到地──著地。

送杜少府之任蜀州

王勃

城闕輔三秦，風煙望五津。
與君離別意，同是宦遊人。
海內存知己，天涯若比鄰。
無為在歧路，兒女共沾巾。

少府—官職名，掌山海池澤之稅。
城闕—都城。
三秦—泛指長安附近。
五津—泛指蜀地。
宦遊—在外做官、求官。
海內—四海之內。
存—掛念。
無為—不要。
歧路—岔路。
「兒女」句—如男女分離般哭啼。

蜀中九日

王勃

九月九日望鄉台，他席他鄉送客杯。
人情已厭南中苦，鴻雁那從北地來。

蜀中九日—詩名一作九日登高。

九月九日—為農曆的重陽節，按習俗會配戴茱萸，相約登高。

厭—厭倦。

南中苦—在南方作客的愁苦心情。

那—怎麼還。

塞上寄內

崔融

旅魂驚塞北，歸望斷河西。
春風若可寄，暫為繞蘭閨。

寄內—寄信給自己的妻子。
驚—驚動。形容旅客思鄉之情驚心動魄。
斷—阻絕。
寄—代為傳達此相思之情。
蘭閨—這裡指妻子住的地方。

下山歌

宋之問

下嵩山兮多所思，攜佳人兮步遲遲。
松間明月長如此，君再遊兮復何時。

嵩山—山名，位於河南省，為中國五嶽之一。

步遲遲—因即將分離而內心不捨，故步伐漸緩。

送別杜審言

宋之問

臥病人事絕，嗟君萬里行。
河橋不相送，江樹遠含情。
別路追孫楚，維舟弔屈平。
可惜龍泉劍，流落在豐城。

杜審言—字必簡，為初唐著名詩人，對近體詩的開創發展多有貢獻。

人事絕—與朋友的往來漸少。

嗟—感嘆。此逢杜審言被貶吉洲司戶參軍。

孫楚—晉人，字子荊，才藻卓絕，爽邁不群，但仕途多舛，四十歲始參鎮東軍事。

「維舟」句—西漢賈誼受讒言被貶，曾至湘水弔屈原，作〈弔屈原賦〉。維舟，停舟。

龍泉劍—此故事載於《晉書・張華傳》，時豫章豐城的天空常見寶劍的紫氣，張華派人挖出兩劍，一曰龍泉，一曰太阿，紫氣便不復見。用此惋惜杜審言的才華不得賞識。

送梁六自洞庭山作

張說

巴陵一望洞庭秋，日見孤峰水上浮。
聞道神仙不可接，心隨湖水共悠悠。

梁六—即梁知微，排行第六，曾任潭洲刺守，與張説有贈詩〈入朝別張燕公〉，收於《全唐詩》。

洞庭山—即君山，為洞庭湖中著名的小島。

巴陵—位於湖南省，後改稱岳洲。

孤峰—即指君山。

不可接—不可見。

山行留客

張旭

山光物態弄春輝，莫為輕陰便擬歸。
縱使晴明無雨色，入雲深處亦沾衣。

物態—山中的景物。
春輝—春光。
擬—打算。
縱使—即使。

送韋城李少府

張九齡

送客南昌尉，離亭西候春。
野花看欲盡，林鳥聽猶新。
別酒青門路，歸軒白馬津。
相知無遠近，萬里尚為鄰。

韋城—縣名，於今河南省滑縣。
少府—官職名，為縣尉的別名，掌山海池澤之稅。
青門—借指城門。
白馬津—於今河南省滑縣北。戰國時張良曾說趙王守白馬之津，三國關羽斬顏良皆指此處。
「相知」二句—兩人友誼深厚，不因距離生變，意同王勃「海內存知己，天涯若比鄰」。

望月懷遠

張九齡

海上生明月，天涯共此時。
情人怨遙夜，竟夕起相思。
滅燭憐光滿，披衣覺露滋。
不堪盈手贈，還寢夢佳期。

怨—埋怨。
竟夕—整夜。
滅燭—因室內盈滿月光，不需點燭。
憐—愛惜。
露滋—被露水浸濕。
盈手—雙手捧拾。
還寢—重新入眠。
佳期—兩人相會的美好時光。

答陸澧

松葉堪為酒，春來釀幾多。
不辭山路遠，踏雪也相過。

張九齡

堪為—能夠。
釀幾多—釀了多少。
不辭—不推辭。陸澧來信相邀喝酒，故說不嫌路遙遠，也要前往友人家。
過—拜訪友人。

秋登蘭山寄張五

北山白雲裡，隱者自怡悅。
相望試登高，心隨雁飛滅。
愁因薄暮起，興是清秋發。
時見歸村人，沙行渡頭歇。
天邊樹若薺，江畔洲如月。
何當載酒來，共醉重陽節。

孟浩然

一作九月九日峴山寄張子容，一作秋登萬山寄張文儃。

怡悅—怡然自得。

登高—登向高處。

興—興致。

清秋—秋高氣爽。

渡頭—渡河的地方。

夏日南亭懷辛大

孟浩然

山光忽西落，池月漸東上。
散髮乘夕涼，開軒臥閒敞。
荷風送香氣，竹露滴清響。
欲取鳴琴彈，恨無知音賞。
感此懷故人，中宵勞夢想。

山光——夕陽。

軒——這裡指窗戶。

恨——遺憾。

中宵——半夜，也稱中夜。

夢想——此作夢中思念友人。

留別王維

孟浩然

寂寂竟何待，朝朝空自歸。
欲尋芳草去，惜與故人違。
當路誰相假，知音世所稀。
只應守寂寞，還掩故園扉。

留別—當作離別時的紀念。

朝朝—每天。

空自—獨自。

芳草—香草，通常用來比喻有品德的人，此作歸隱。

違—分別。

假—借，相助。

扉—門扉。

送朱大入秦

孟浩然

遊人五陵去，寶劍直千金。
分手脫相贈，平生一片心。

入—前往。
五陵—為漢代五位皇帝陵墓所在地，後多用來指貴族子弟玩樂之處。
直—價值。
分手—兩人分別時。
脫—解下寶劍。

宿桐廬江寄廣陵舊遊

孟浩然

山暝聞猿愁，滄江急夜流。
風鳴兩岸葉，月照一孤舟。
建德非吾土，維揚憶舊遊。
還將兩行淚，遙寄海西頭。

山暝—山色隨夕陽漸暗。
聞—聽。
滄江—深邃暗綠的江水。
鳴—風吹動兩岸樹葉產生的聲音。
建德—唐時郡名，今浙江省建德縣一帶。
非吾土—不是我的故鄉。王粲〈登樓賦〉：「雖信美而非吾土兮，曾何足以少留。」
淮海—即揚州，見《尚書‧禹貢》。
海西頭—指揚州。隋煬帝〈泛龍舟歌〉：「借問揚州在何處，淮南江北海西頭。」

過故人莊

孟浩然

故人具雞黍，邀我至田家。
綠樹村邊合，青山郭外斜。
開軒面場圃，把酒話桑麻。
待到重陽日，還來就菊花。

故人—老朋友。

具—準備。

雞黍—以雞作菜，以黍作飯，指招待賓客的家常菜餚。此處暗用「范張雞黍」的典故。

合—環繞。

郭—城牆外再築一道城牆。

軒—此作窗戶。

場圃—放置蔬果農作的地方。

桑麻—泛指農事。

重陽日—農曆九月初九為重陽節。

就—親近。

菊花—為觀賞菊花或飲菊花酒之意。

送魏萬之京

李頎

朝聞遊子唱離歌，昨夜微霜初渡河。
鴻雁不堪愁裡聽，雲山況是客中過。
關城樹色催寒近，御苑砧聲向晚多。
莫見長安行樂處，空令歲月易蹉跎。

之——前往。

關城——指潼關。
樹色——一作曙色。
砧聲——搗衣服的聲音。
向晚——快要晚上的時候。
空——平白地。
蹉跎——浪費時間、虛度光陰。

送陳章甫

李頎

四月南風大麥黃，棗花未落桐葉長。
青山朝別暮還見，嘶馬出門思舊鄉。
陳侯立身何坦蕩，虬鬚虎眉仍大顙。
腹中貯書一萬卷，不肯低頭在草莽。
東門酤酒飲我曹，心輕萬事如鴻毛。
醉臥不知白日暮，有時空望孤雲高。
長河浪頭連天黑，津口停舟渡不得。
鄭國遊人未及家，洛陽行子空嘆息。

南風—夏天的風，也作薰風。
陳侯—對陳章甫的敬稱。
立身—為人處世。
虬鬚—捲曲的鬍鬚。
虎眉—相貌威武有氣勢。
顙—額頭。
貯書—藏書，指富有學問。
草莽—民間，意指才學被埋沒。
酤—買。
我曹—我們這幾個人。
暮—太陽西下。
浪頭—水勢。
鄭國遊人—指作者自己。
行子—出門在外的游子，指陳章甫。

聞道故林相識多，罷官昨日今如何。

題盧五舊居

李頎

物在人亡無見期，閒庭繫馬不勝悲。
窗前綠竹生空地，門外青山如舊時。
悵望秋天鳴墜葉，巑岏枯柳宿寒鴟。
憶君淚落東流水，歲歲花開知為誰。

不勝悲——不能承受此悲傷。

悵望——悵然所望。

巑岏——高聳的樣子。

寒鴟——冷天裡的鴟梟。

巴陵送李十二

王昌齡

搖曳巴陵洲渚分，清江傳語便風聞。
山長不見秋城色，日暮蒹葭空水雲。

李十二——李白的別稱。

便風——順風。

山長——對隱者或山居講學者的稱呼。

芙蓉樓送辛漸 ◎二首

王昌齡

寒雨連江夜入吳，平明送客楚山孤。
洛陽親友如相問，一片冰心在玉壺。

丹陽城南秋海陰，丹陽城北楚雲深。
高樓送客不能醉，寂寂寒江明月心。

芙蓉樓—位今江蘇省鎮江市，於長江下游。

連江—雨水和江面連成一片。

吳—泛指江蘇南部、浙江北部一帶。

平明—天亮時。

冰心、**玉壺**—皆用來比喻品格胸懷高潔。

丹陽—在今江蘇省西南部。

送柴侍御

王昌齡

沅水通波接武岡，送君不覺有離傷。
青山一道同雲雨，明月何曾是兩鄉。

侍御—官職名，在君王左右侍從車御的官吏。

接—接壤。

「明月」句—因武崗與作者所在地很近，兩人隔山享雲雨，也共照明月。用巧妙比喻將兩人距離拉近。

送魏二

王昌齡

醉別江樓橘柚香，江風引雨入舟涼。
憶君遙在瀟湘月，愁聽清猿夢裡長。

瀟湘—瀟江湘與湘江的並稱，多指現湖南地區。
清猿—猿聲哀戚。
長—悠長不絕。

相思

紅豆生南國，春來發幾枝。

願君多采擷，此物最相思。

王維

相思——題名又作「相思子」。

采擷——摘取。

送別

王維

山中相送罷，日暮掩柴扉。
春草明年綠，王孫歸不歸？

罷—完，結束。送走了朋友。
王孫—一般指貴族子弟，此指朋友。《楚辭·招隱士》：「王孫遊兮不歸，春草生兮萋萋。」
「春草」二句—送別完朋友，離思更深，春草年年都會綠，但朋友卻不一定會再相會。

送沈子歸江東

王維

楊柳渡頭行客稀，罟師蕩槳向臨圻。
唯有相思似春色，江南江北送君歸。

江東—長江至蕪湖與南京間因呈東北流向，故稱此河段為江東。

罟師—漁夫。

渭城曲

王維

渭城朝雨浥輕塵，客舍青青柳色新。
勸君更盡一杯酒，西出陽關無故人。

渭城曲—又稱《陽關三疊》，三疊指的是第一句不重複，第二、三、四句每句唱兩遍。

浥—沾濕、濕潤。

新—柳葉不但新綠，更因雨水滋潤，更顯翠綠。

客舍—旅館。

陽關—關名，位在現在的甘肅省敦煌西南。

答張五弟

王維

終南有茅屋，前對終南山。
終年無客常閉關，終日無心長自閒。
不妨飲酒復垂釣，君但能來相往還。

張五—即張諲，唐代書畫家，在家中排行第五。

終南山—山名。秦嶺主峰之一，亙於陝西省與河南省，又稱秦嶺、秦山。

酬張少府

王維

晚年唯好靜，萬事不關心。
自顧無長策，空知返舊林。
松風吹解帶，山月照彈琴。
君問窮通理，漁歌入浦深。

酬—唱和、回贈。

好—喜好。

長策—好的計謀。

空知—徒然。

返舊林—歸隱山林。

窮通—窮困與通達當官。

漁歌—暗指像漁父那樣的隱士唱的歌。

浦—水岸。

輞川閒居贈裴秀才迪

王維

寒山轉蒼翠，秋水日潺湲。
倚杖柴門外，臨風聽暮蟬。
渡頭餘落日，墟里上孤煙。
復值接輿醉，狂歌五柳前。

輞川—水名，在今陝西終南山下。

裴迪—詩人，王維的好友。

潺湲—水緩緩流動的聲音。

墟里—村落。

值—遇到。

接輿—春秋時楚國隱士，此喻裴迪。

五柳—晉代文學家陶淵明，自號五柳先生，此作者自喻。

別董大 ◎二首

高適

千里黃雲白日曛，北風吹雁雪紛紛。

莫愁前路無知己，天下誰人不識君。

六翮飄颻私自憐，一離京洛十餘年。

丈夫貧賤應未足，今日相逢無酒錢。

董大—唐玄宗時著名琴師董庭蘭，因在家中排行老大，故稱董大。

曛—昏暗不明的樣子。

知己—相互了解、感情深厚的好朋友。

識—賞識。

六翮—鳥的代稱。翮，鳥類羽毛中的硬管。

飄颻—隨風飄動。比喻自己飄搖不定。

送李少府貶峽中王少府貶長沙

高適

嗟君此別意何如，駐馬銜杯問謫居。
巫峽啼猿數行淚，衡陽歸雁幾封書。
青楓江上秋帆遠，白帝城邊古木疏。
聖代即今多雨露，暫時分手莫躊躇。

少府—官職名，唐代稱縣尉為少府。

謫居—被貶謫的地點。

巫峽—長江三峽之一，位於湖北省巴東縣西，江道狹隘，水流湍急。

衡陽—城市名，位於湖南省東南部。傳聞雁飛至此便歸。

白帝城—建於東漢，三國時蜀漢曾以此為防吳重地。

聖代—賢能的清明盛世。

雨露—比喻為君恩。

逢謝偃

紅顏愴為別，白髮始相逢。
唯余昔時淚，無復舊時容。

高適

謝偃—其祖仕北齊，改姓謝，善作賦，時與李百藥並稱為李詩謝賦。
紅顏—年輕的容顏。指兩人分別時都年少。
愴—哀傷。
余—第一人稱，指我。
「**唯余**」二句—只留下了那時候的淚水，卻回不去那時的容顏。

醉後贈張九旭

高適

世上謾相識，此翁殊不然。
興來書自聖，醉後語尤顛。
白髮老閒事，青雲在目前。
牀頭一壺酒，能更幾回眠。

張九旭—即張旭，善草書，喜歡在酒後寫書法，有狂草之稱。

謾—任意、隨意。

興—興致。

顛—狂放瘋癲。

青雲—常指仕途，此指隱逸的生活。

山中與幽人對酌

李白

兩人對酌山花開，一杯一杯復一杯。
我醉欲眠卿且去，明朝有意抱琴來。

幽人—隱士。
對酌—對飲。
醉欲眠卿且去—用陶淵明「我醉欲眠，卿可去」典故，表達作者率真豁達的胸襟。

金鄉送韋八之西京

李白

客自長安來，還歸長安去。
狂風吹我心，西掛咸陽樹。
此情不可道，此別何時遇。
望望不見君，連山起煙霧。

西京──指長安。

咸陽──位於今陝西省長安市東北。

宣州謝朓樓餞別校書叔雲

李白

棄我去者，昨日之日不可留；
亂我心者，今日之日多煩憂。
長風萬里送秋雁，對此可以酣高樓。
蓬萊文章建安骨，中間小謝又清發。
俱懷逸興壯思飛，欲上青天覽明月。
抽刀斷水水更流，舉杯消愁愁更愁。
人生在世不稱意，明朝散髮弄扁舟。

校書—官職名，即祕書省校書郎，掌管圖書整理工作。

酣—盡情喝酒。

蓬萊—這裡指東漢時藏書的東觀。

建安骨—指漢末建安年間，三曹與建安七子形成的文風，剛健明朗，慷慨悲涼。

小謝—指謝朓，字玄暉，後人將他與謝靈運並稱為大謝和小謝。謝朓樓便是他任宣州太守時所建，又名北樓、謝公樓，後來改名為疊嶂樓。

清發—風格清新秀發。

逸興—飄逸豪放的情致。

壯思—雄心壯志。

覽—意同「攬」，摘取。

稱意—稱心如意。

散髮—古人多束髮而冠，此處將頭髮放下，代表不拘束，也意指不做官。

扁舟—小船，以此比喻歸隱江湖。

南流夜郎寄內

李白

夜郎天外怨離居，明月樓中音信疏。
北雁春歸看欲盡，南來不得豫章書。

夜郎—位於現今貴州以西。李白晚年受永王牽連被流放至夜郎，不過後於途中受赦免。

內—內人，對外稱自己的妻子。

豫章—洪州在天寶元年改為豫章郡，在今江西南昌。

哭宣城善釀紀叟

李白

紀叟黃泉裡，還應釀老春。
夜臺無曉日，沽酒與何人？

宣城—在今安徽省東南。
老春—紀叟所釀的酒。
夜臺—墳墓，因裡面再無天日，故名。
沽酒—賣酒。

哭晁卿衡

李白

日本晁卿辭帝都，征帆一片繞蓬壺。
明月不歸沉碧海，白雲愁色滿蒼梧。

辭—辭別。

蓬壺—傳說海中有三座仙山，此指蓬萊，形如壺器。另外兩座為方丈、瀛洲。

明月不歸—比喻晁卿衡遇到海難回不了家。

蒼梧—九疑山的別名，相傳虞舜葬於此。

送友人

李白

青山橫北郭，白水繞東城。
此地一為別，孤蓬萬里征。
浮雲遊子意，落日故人情。
揮手自茲去，蕭蕭班馬鳴。

郭—外城。
蓬—蓬草枯後隨風飛飄，此喻遊子離人。
茲—此。
蕭蕭—馬鳴聲。
班馬—離群的馬。這裡指載人離去的馬。

送賀賓客歸越

李白

鏡湖流水漾清波，狂客歸舟逸興多。
山陰道士如相見，應寫黃庭換白鵝。

賀賓客—賀知章曾任太子賓客。

狂客—賀知章自稱四明狂客。李白〈對酒憶賀監〉：「四明有狂客，風流賀季真。長安一相見，呼我謫仙人。」

黃庭—道教典籍《黃庭經》的簡稱。

「山陰」二句—《晉書．王羲之傳》載王羲之為道士寫黃庭經，換得一群白鵝。黃庭換鵝現用來表達用高超絕技換取心愛之物，或讚書法絕妙。

渡荊門送別

李白

渡遠荊門外，來從楚國遊。
山隨平野盡，江入大荒流。
月下飛天鏡，雲生結海樓。
仍憐故鄉水，萬里送行舟。

荊門—山名，地勢險要，自古即有楚蜀咽喉之稱。
渡遠荊門外—從荊門外來，即蜀地。
從—來到。
江—長江。
大荒—遼闊的荒野。
月下—明月映入江水。
海樓—海市蜃樓，這裡形容雲霧形成江上雲霞之美。
憐—牽掛。
故鄉水—指從蜀地留來的長江水，因作者生於蜀地。
萬里—形容路途之遙遠。
行舟—比喻作者自己即將遠去。

黃鶴樓送孟浩然之廣陵

李白

故人西辭黃鶴樓，煙花三月下揚州。
孤帆遠影碧空盡，唯見長江天際流。

之——作動詞用，前往。
黃鶴樓——今湖北武漢長江邊，相傳仙人王子安駕鶴經過此處得名。
煙花——形容春天花氣如煙。
三月——指暮春。
唯見——只見。

聞王昌齡左遷龍標遙有此寄

李白

楊花落盡子規啼，聞道龍標過五溪。
我寄愁心與明月，隨風直到夜郎西。

左遷—被貶謫、降職。當時王昌齡被貶為龍標縣尉。

楊花—柳絮。

龍標—這裡為王昌齡的代稱，古人常用官職或任官之地稱呼。

五溪—是武溪、巫溪、西溪、沅溪、辰溪的總稱，在現今湖南省西部。

夜郎—這裡指唐代在沅陵設置的夜郎縣，非夜郎國。

西—龍標縣在夜郎縣西側。

贈汪倫

李白

李白乘舟將欲行，忽聞岸上踏歌聲。
桃花潭水深千尺，不及汪倫送我情。

汪倫—曾任涇縣縣令，曾寫信邀請李白到家裡作客，信中寫：「先生好遊乎？此處有十里桃花。先生好飲乎？此處有萬家酒店。」李白到後，納悶此處並無十里桃花，也無萬家酒店，汪倫以美酒待客時，笑說：「這是以十里外的桃花潭水釀製而成，萬家酒店為姓萬的店主所開。」李白大樂，連宿數日。

行—出發離開。

踏歌—邊踏步邊唱歌，為當時的風俗歌舞。

桃花潭—位現今安徽省，以深不可測著稱。

贈孟浩然

李白

吾愛孟夫子，風流天下聞。
紅顏棄軒冕，白首臥松雲。
醉月頻中聖，迷花不事君。
高山安可仰，徒此揖清芬。

孟夫子——即孟浩然。
風流——指瀟灑的風度。
紅顏——指年輕時。
軒冕——借代官位利祿。軒為車子。冕，高官戴的帽子。
松雲——比喻隱逸生活。
中聖——為「中聖人」的簡稱，借指醉酒。稱酒清者為聖人，酒濁者為賢人。
迷花——留戀自然美景。
君——指皇帝。
高山——以此比喻孟浩然的品格高尚，令人景仰。《詩經・小雅・車轄》：「高山仰止，景行行止。」
揖——拱手行禮。
清芬——比喻高風亮節。

九日藍田崔式莊

杜甫

老去悲秋強自寬，興來今日盡君歡。

羞將短髮還吹帽，笑倩旁人為正冠。

藍水遠從千澗落，玉山高並兩峰寒。

明年此會知誰健？醉把茱萸仔細看。

九日—即重陽節，農曆九月九日。

藍田—縣名，位於陝西省長安縣東南，相傳此地出美玉。

寬—寬慰、安慰。

「羞將短髮」二句—典自《晉書》孟嘉落帽，以前盡展現名士風流，但現在卻有些蕭索意味。

藍水—即藍溪，自秦嶺北來，現名藍橋河。

玉山—位藍田縣本段的秦嶺，又稱玉山。

健—一作「在」。

不見

杜甫

不見李生久，佯狂真可哀。
世人皆欲殺，吾意獨憐才。
敏捷詩千首，飄零酒一杯。
匡山讀書處，頭白好歸來。

李生—即李白。

佯狂—假裝顛狂。佯，假裝。

「世人皆欲殺」句—指李白被永王連累流放夜郎一事。

匡山—李白早期在此讀書。

天末懷李白

杜甫

涼風起天末，君子意如何。
鴻雁幾時到，江湖秋水多。
文章憎命達，魑魅喜人過。
應共冤魂語，投詩贈汨羅。

江湖—謂人世起波瀾。

文章—此指文學才氣。

憎—忌憚。

命達—命運通達順遂。

魑魅—傳說中害人的鬼怪，此指不好的人。

過—過失、犯錯。

「應共」二句—李白遭流放如同屈原一樣冤枉，因此應該向汨羅江投遞詩文，互相慰藉。

月夜

今夜鄜州月，閨中只獨看。
遙憐小兒女，未解憶長安。
香霧雲鬟溼，清輝玉臂寒。
何時倚虛幌，雙照淚痕乾。

杜甫

鄜州—今陝西鄜縣。當時杜甫家人身在該地，而作者人在長安。

閨中—比喻妻子所住的房間，以妻子視角描寫分隔兩地的愁思。

小兒女—指自己的孩子。

未解—尚不懂得。

憶—思念身在長安的丈夫。

虛幌—透明的窗簾。

月夜憶舍弟

杜甫

戍鼓斷人行，秋邊一雁聲。
露從今夜白，月是故鄉明。
有弟皆分散，無家問死生。
寄書長不達，況乃未休兵。

戍鼓—古時守邊軍士所擊的鼓聲。
斷人行—宵禁。
「露從」句—指二十四節氣之一的白露。
長—一直。
況乃—更何況。

江南逢李龜年

杜甫

岐王宅裡尋常見，崔九堂前幾度聞。

正是江南好風景，落花時節又逢君。

李龜年—唐開元年間知名樂師，受唐玄宗賞識，安史之亂後流落至江南賣藝為生。

岐王、崔九—岐王為李範，唐玄宗之弟，以喜好雅樂著稱；崔九為崔滌，在家排行第九，官宦世家，門蔭入仕。李龜年皆曾出入兩人府邸演奏。

落花時節—既表示國事動盪，也點出兩人今昔對比，世事滄桑之感。

奉濟驛重送嚴公四韻

杜甫

遠送從此別，青山空復情。
幾時杯重把，昨夜月同行。
列郡謳歌惜，三朝出入榮。
江村獨歸處，寂寞養殘生。

嚴公—嚴武，唐朝將領，曾大破吐蕃，以功進檢校吏部尚書，封鄭國公，雖是武人，但亦能為詩。

謳歌—歌功頌德。

惜—惜別，不捨嚴武離開。

三朝—指嚴武出任指唐玄宗、唐肅宗、唐代宗三朝。

客至

杜甫

舍南舍北皆春水，但見群鷗日日來。
花徑不曾緣客掃，蓬門今始為君開。
盤飧市遠無兼味，樽酒家貧只舊醅。
肯與鄰翁相對飲，隔籬呼取盡餘杯。

緣—因為。
蓬門—用蓬草編的門，形容居處簡陋。
盤飧—盤中的菜餚。
兼味—多種美味佳餚。
舊醅—隔年陳酒。
肯—能否允許。

春日憶李白

杜甫

白也詩無敵，飄然思不群。
清新庾開府，俊逸鮑參軍。
渭北春天樹，江東日暮雲。
何時一樽酒，重與細論文。

白—李白。
不群—不凡。
庾開府—為北周庾信，前期作品文藻豔麗，後期作品，常有鄉關之思，風格變為沉鬱，語言清新。
鮑參軍—為南朝宋的鮑照，文詞贍逸，詞采華麗，常表現慷慨不平的思想情感。
渭北—當時杜甫身居處。
江東—當時李白所在地。
論文—互相論詩。

徒步歸行

◎贈李特進，自鳳翔赴鄜州，途經邠州作。

杜甫

明公壯年值時危，經濟實藉英雄姿。
國之社稷今若是，武定禍亂非公誰。
鳳翔千官且飽飯，衣馬不復能輕肥。
青袍朝士最困者，白頭拾遺徒步歸。
人生交契無老少，論交何必先同調。
妻子山中哭向天，須公櫪上追風驃。

《舊書．肅宗本紀》：「上議大舉收復兩京，盡括公私馬以助軍。」故杜甫此時徒步而歸。

明公—此應指李嗣業，京兆高陵人戰績卓越，因隨高仙芝平定小勃律，加特進。

值時危—碰到世局危難。

經濟—經世濟國之舉。

非公誰—意思是若不是您，還有誰能做到呢？

輕肥—輕暖的衣服和肥壯的馬，比喻顯貴。

拾遺—唐代的諫官官職名，此指作者自己。

「人生交契」二句—謝靈運〈七里瀨〉：「誰謂古今殊，異代可同調。」交契，結交朋友。

櫪—馬槽。

追風驃—晉崔豹《古今注》云秦始皇有七匹名馬，其一名追風。驃，帶有白色斑點的黃馬。

寄李十二白二十韻

杜甫

昔年有狂客，號爾謫仙人。
筆落驚風雨，詩成泣鬼神。
聲名從此大，汩沒一朝伸。
文彩承殊渥，流傳必絕倫。
龍舟移棹晚，獸錦奪袍新。
白日來深殿，青雲滿後塵。
乞歸優詔許，遇我宿心親。
未負幽棲志，兼全寵辱身。

狂客—指賀知章，賀晚年自稱四名狂客。

汩沒—被埋沒。

伸—得以伸展。

承殊渥—得到皇帝特別的恩澤。

獸錦奪袍—《唐詩紀事》載：「武后游龍門，命群官賦詩，先成者賜以錦袍。」意指李白在詩賦大會上賦成先得。

青雲滿後塵—前途可期。

乞歸—李白被高力士等人毀謗，於天寶三載被玄宗放逐，這裡講得委婉，說是李白自己請命回家。

宿心—一直以來的志向。

兼全寵辱身—在得寵和受辱的環

劇談憐野逸，嗜酒見天真。
醉舞梁園夜，行歌泗水春。
才高心不展，道屈善無鄰。
處士禰衡俊，諸生原憲貧。
稻粱求未足，薏苡謗何頻。
五嶺炎蒸地，三危放逐臣。
幾年遭鵩鳥，獨泣向麒麟。
蘇武先還漢，黃公豈事秦。
楚筵辭醴日，梁獄上書辰。
已用當時法，誰將此義陳。

境下都能兼顧自保。

劇談—暢談。

禰衡—東漢人，有辯才，善屬文。

俊—文筆俊逸。

原憲—孔子弟子，字子思，家中貧窮，在孔門四科中屬德行科。

「薏苡」句—典自《後漢書·馬援傳》：「漢馬援自交趾軍還，載薏苡於後車，譖者以為所載皆明珠而上書誣陷。」此處指李白被人構陷跟永王一起謀反。

鵩鳥—古時被認為是一種帶來不祥的鳥，也指奸佞。

「楚筵」二句—用典《漢書·楚元王》穆生辭酒和《史記·魯仲

老吟秋月下，病起暮江濱。
莫怪恩波隔，乘槎與問津。

連鄒陽列傳》鄒陽被構陷下獄，努力上書梁孝王才獲釋。

陳—陳情。

寄岑嘉州

杜甫

不見故人十年餘，不道故人無素書。
願逢顏色關塞遠，豈意出守江城居。
外江三峽且相接，斗酒新詩終日疏。
謝朓每篇堪諷誦，馮唐已老聽吹噓。
泊船秋夜經春草，伏枕青楓限玉除。
眼前所寄選何物，贈子雲安雙鯉魚。

岑嘉州—即岑參，曾任嘉州刺史，是邊塞詩的代表人物，與高適並稱「高岑」。

素書—書信的代稱。

顏色—指岑參的面容。

江城—指嘉州。

諷誦—熟讀背誦。

謝朓、馮唐—用謝朓比喻岑參的文采，用馮唐自況晚年際遇。

馮唐已老—馮唐為西漢人，曾事文帝、景帝、武帝三朝，到武帝時受人舉薦，但已年過九十，力不從心，故後人形容老來難以得志。

玉除—用石砌成的階梯，也指朝廷。

雲安—雲安縣，位於現廣東省。

夢李白 ◎二首

杜甫

死別已吞聲，生別常惻惻。
江南瘴癘地，逐客無消息。
故人入我夢，明我長相憶。
恐非平生魂，路遠不可測。
魂來楓葉青，魂返關塞黑。
君今在羅網，何以有羽翼。
落月滿屋樑，猶疑照顏色。
水深波浪闊，無使蛟龍得。

夢李白—當時杜甫身在秦洲，只聽聞李白被流放夜郎的消息，不知已被赦還，故作此詩。

死別—生離死別。

惻惻—悲痛的樣子。

逐客—被貶謫的人。

羅網—指李白被他人陷構。

顏色—李白的面容。

浮雲終日行，遊子久不至。
三夜頻夢君，情親見君意。
告歸常侷促，苦道來不易。
江湖多風波，舟楫恐失墜。
出門搔白首，若負平生志。
冠蓋滿京華，斯人獨憔悴。
孰云網恢恢，將老身反累。
千秋萬歲名，寂寞身後事。

遊子—指李白。

侷促—匆促不安的樣子。

冠蓋—高官顯貴。

斯人—此人，指李白。

恢恢—寬廣的樣子。

累—牽累。

「千秋萬歲名」二句—感嘆李白的成就要等死後才會被後世傳頌。

贈衛八處士

人生不相見，動如參與商。
今夕復何夕，共此燈燭光！
少壯能幾時？鬢髮各已蒼！
訪舊半為鬼，驚呼熱中腸。
焉知二十載，重上君子堂。
昔別君未婚，兒女忽成行。
怡然敬父執，問我來何方？
問答乃未已，驅兒羅酒漿。

杜甫

衛八處士—杜甫年輕時的朋友。

動—動輒、動不動。

參、商—參星與商星，兩顆星不會同時出現，用來比喻兩人無法見面。

蒼—頭髮斑白。

舊—老朋友。

半為鬼—許多老朋友都已經過世了。

熱中腸—內心感到悲痛。中腸，內心。

行—成行，比喻兒女眾多。

父執—父親一輩的朋友。

未及已—問答尚未結束。因老朋友見到杜甫很開心，迫不及待叫兒女去準備宴客的酒飯。

羅—張羅、準備。

夜雨剪春韭，新炊間黃粱。
主稱會面難，一舉累十觴。
十觴亦不醉，感子故意長。
明日隔山嶽，世事兩茫茫。

春韭—春天的韭菜最為鮮嫩可口。
新炊—新煮好的飯。
間—參雜。
主—主人，即衛八。
累—接連。
故意—老朋友的情誼。
「世事兩茫茫」—意謂待明日兩人分別後，不知命運又會如何。

贈李白

杜甫

秋來相顧尚飄蓬，未就丹砂愧葛洪。
痛飲狂歌空度日，飛揚跋扈為誰雄。

飄蓬—隨風飄散的蓬草。
丹砂—即硃砂，道教認為用硃砂煉丹可以長壽。
愧—愧對。
葛洪—晉人，著有《抱朴子》述鍊丹之法，建立長生理論。因李白也曾修道煉丹，但最後也沒有特別成就。
飛揚跋扈—意氣風發，不受拘束。

暮秋揚子江寄孟浩然

劉眘虛

木葉紛紛下，東南日煙霜。
林山相晚暮，天海空青蒼。
暝色況復久，秋聲亦何長。
孤舟兼微月，獨夜仍越鄉。
寒笛對京口，故人在襄陽。
詠思勞今夕，江漢遙相望。

日煙—日光煙靄。

晚暮—一作曉暮。

空青—一作深青。青色的天空。

寒笛—淒涼、冷清的笛聲

京口—城名，於今江蘇省。

白雪歌送武判官歸京

岑參

北風捲地白草折，胡天八月即飛雪。
忽如一夜春風來，千樹萬樹梨花開。
散入珠簾溼羅幕，狐裘不暖錦衾薄。
將軍角弓不得控，都護鐵衣冷難著。
瀚海闌干百丈冰，愁雲慘淡萬里凝。
中軍置酒飲歸客，胡琴琵琶與羌笛。
紛紛暮雪下轅門，風掣紅旗凍不翻。
輪臺東門送君去，去時雪滿天山路。

武判官—名不詳。判官，官職名。

白草—邊地之草冬枯色白。

胡天—指塞北的天空。

梨花—春天開花，色白。這裡形容雪花積在樹枝上，像梨花開了一樣。

角弓—用動物的角製成的弓。

控—拉開。

都護—鎮守邊疆的官。

瀚海—大沙漠，此泛指西域地區。

闌干—縱橫交錯的樣子。

中軍—主帥統率的軍隊。

歸客—指武判官。

轅門—軍營門。此指帥衙署的大門。

山迴路轉不見君，雪上空留馬行處。

輪臺—在今新疆維吾爾自治區境內。
天山—今新疆境內。

春夢

岑參

洞房昨夜春風起，故人尚隔湘江水。
枕上片時春夢中，行盡江南數千里。

洞房──深邃的內室。
片時──短暫的時間。

送崔子還京

岑參

匹馬西從天外歸，揚鞭只共鳥爭飛。
送君九月交河北，雪裡題詩淚滿衣。

匹馬—崔子所乘坐的馬，即指崔子。
天外—形如塞外遠在天邊。
「揚鞭」句—因為心急趕路，快速策馬而行，揚起的鞭子高到像跟鳥兒搶著前進一樣。

寄左省杜拾遺

岑參

聯步趨丹陛，分曹限紫微。
曉隨天仗入，暮惹御香歸。
白髮悲花落，青雲羨鳥飛。
聖朝無闕事，自覺諫書稀。

杜拾遺—杜甫曾任左拾遺，故稱。

聯步—一起。

曹—部門。

限—被分隔。

紫微—以紫微星斗比喻皇帝居處。

鳥飛—那些平步青雲的人。

闕—過失。

諫書—臣子諫勸皇上的奏章。

送魏十六還蘇州

皇甫冉

秋夜深深北送君，陰蟲切切不堪聞。
歸舟明日毗陵道，回首姑蘇是白雲。

深深—夜色沉沉。
切切—形容蟲聲淒切。
毗陵—縣名，在今江蘇省武進縣。
姑蘇—江蘇省的別稱。

淮口寄趙員外

欲逐淮潮上，暫停漁子溝。
相望知不見，終是屢回頭。

皇甫冉

漁子溝——為今江蘇省魚溝鎮。

「相望知不見」二句——明明知道已經看不到朋友了，卻還是忍不住一直回頭。

峽口送友人

司空曙

峽口花飛欲盡春，天涯去住淚沾巾。
來時萬里同為客，今日翻成送故人。

峽口—河流旁有兩山聳立。
去住—指離去的友人與送別的自己。
翻—反而。

喜外弟盧綸見宿

靜夜四無鄰，荒居舊業貧。
雨中黃葉樹，燈下白頭人。
以我獨沉久，愧君相見頻。
平生自有分，況是蔡家親。

司空曙

外弟—表弟。
見宿—住我這裡。
盧綸—字允言，官至檢校戶部郎中，與司空曙同為大曆十才子之一。
獨沉久—獨自沉寂落魄很久。
愧—愧對。
相見頻—頻繁來探望我。
分—情分，指兩人的情誼。
蔡家親—《博物志．人名考》：「蔡伯喈母，袁公妹曜卿姑也。」蔡邕的母親是袁曜卿的姑姑，兩人是表親關係。司空曙和盧綸也是表兄弟。

雲陽館與韓紳宿別

司空曙

故人江海別，幾度隔山川。
乍見翻疑夢，相悲各問年。
孤燈寒照雨，溼竹暗浮煙。
更有明朝恨，離杯惜共傳。

雲陽—雲陽縣位重慶市東部。

韓紳—《全唐詩》注：「一作韓升卿。」韓愈的四叔名紳卿，與司空曙同時，曾在涇陽任縣令，可能即為此人。

翻—反而。

各問年—詢問這幾年過得如何。

恨—此指離別之恨。

賊平後送人北歸

司空曙

世亂同南去，時清獨北還。
他鄉生白髮，舊國見青山。
曉月過殘壘，繁星宿故關。
寒禽與衰草，處處伴愁顏。

賊平——指安史之亂。

清——局勢安定下來。

獨——僅友人回北方。

舊國見青山——回到故鄉，只有青山如舊。

曉月——天剛破曉，清晨之時。

江州重別薛六柳八二員外

劉長卿

生涯豈料承優詔，世事空知學醉歌。
江上月明胡雁過，淮南木落楚山多。
寄身且喜滄洲近，顧影無如白髮何。
今日龍鍾人共棄，愧君猶遣慎風波。

生涯—平生。

承優詔—作者此番第二次遭貶，卻說反話，是承了深厚的聖命。

寄身—暫且託身。

滄洲—水濱，也借指隱者所居住的地方。

龍鍾—年紀漸老。

風波—遭逢世事變故。

別嚴士元

劉長卿

春風倚棹闔閭城，水國春寒陰復晴。
細雨溼衣看不見，閒花落地聽無聲。
日斜江上孤帆影，草綠湖南萬里情。
東道若逢相識問，青袍今已誤儒生。

倚棹—停泊船隻。

闔閭城—春秋時吳王闔閭聽取伍子胥建議所建的吳國都城，位於江蘇省。

青袍—唐代制度中，八、九品官員穿著的青色長袍。也用來指官職卑微。此指仕途不舛，人生已被這樣的小小官職所耽誤。

送李判官之潤州行營

劉長卿

萬里辭家事鼓鼙，金陵驛路楚雲西。
江春不肯留歸客，草色青青送馬蹄。

事—從事。
鼓鼙—軍中的樂器，這裡泛指軍務。
金陵—一般指南京，但唐代時把潤州也稱金陵，位於現今江蘇省。

送靈澈上人

劉長卿

蒼蒼竹林寺，杳杳鐘聲晚。
荷笠帶斜陽，青山獨歸遠。

靈澈——唐著名僧人，與皎然齊名。

杳杳——深遠的樣子。

重送裴郎中貶吉州

劉長卿

猿啼客散暮江頭，人自傷心水自流。

同作逐臣君更遠，青山萬里一孤舟。

吉州——位於江蘇省，宋代後以燒瓷聞名。

暮江——傍晚的江邊。

逢雪宿芙蓉山主人

日暮蒼山遠，天寒白屋貧。
柴門聞犬吠，風雪夜歸人。

劉長卿

蒼山—青山。
白屋—用白茅草搭建的房子，多指貧苦人家。

酬李穆見寄

劉長卿

孤舟相訪至天涯，萬轉雲山路更賒。
欲掃柴門迎遠客，青苔黃葉滿貧家。

李穆—為劉長卿的女婿，《全唐詩》僅存詩一首。

見寄—寄給我。見為代詞性助詞，有被動的意思，為後方動詞的指涉對象，多指我。

賒—遙遠。

餞別王十一南遊

劉長卿

望君煙水闊，揮手淚沾巾。
飛鳥沒何處，青山空向人。
長江一帆遠，落日五湖春。
誰見汀洲上，相思愁白蘋。

煙水—茫茫無際的水面。

沒—消失。

同王徵君湘中有懷

張謂

八月洞庭秋，瀟湘水北流。
還家萬里夢，為客五更愁。
不用開書帙，偏宜上酒樓。
故人京洛滿，何日復同遊。

徵君—徵士的尊稱，指歸隱不出仕的人。

書帙—書籍。

偏宜—比較適合。

京洛—京城與洛陽。

巴陵夜別王八員外

賈至

柳絮飛時別洛陽，梅花發後到三湘。
世情已逐浮雲散，離恨空隨江水長。

《全唐詩》說明一作蕭靜詩，題云〈三湘有懷〉。
巴陵—郡名，即岳州，為現今湖南省。
世情—世態人情。
逐—隨著。

送李侍郎赴常州

賈至

雪晴雲散北風寒，楚水吳山道路難。
今日送君須盡醉，明朝相憶路漫漫。

常州——轄境相當今大陸地區江蘇武進、江陰等地。

待山月

夜夜憶故人，長教山月待。
今宵故人至，山月知何在。

皎然

長教山月待—因思念友人而無心賞月，空使月相待。
山月知何在—與朋友歡樂相聚，不知山月去向。

長安遇馮著

韋應物

客從東方來，衣上灞陵雨。
問客何為來，採山因買斧。
冥冥花正開，颺颺燕新乳。
昨別今已春，鬢絲生幾縷。

馮著—韋應物友人，《全唐詩》收錄四首。
灞陵—縣名，故城在今陝西省西安市東，也作霸陵縣。
採山—上山砍柴。
冥冥—花朵茂密盛開。
颺颺—飛翔的樣子。
新乳—哺育新生的小鳥。

秋夜寄秋員外

懷君屬秋夜，散步詠涼天。
空山松子落，幽人應未眠。

韋應物

落─掉落。呼應秋天凋零的季節感。

幽人─指邱員外。

「空山」二句─表達良夜對友人的懷想。

寄全椒山中道士

韋應物

今朝郡齋冷，忽念山中客。
澗底束荊薪，歸來煮白石。
欲持一瓢酒，遠慰風雨夕。
落葉滿空山，何處尋行跡。

全椒——縣名，位於中國安徽省東部。

荊薪——柴火。

煮白石——此為一種道教服食修練的方法，《神仙傳·白石生》：「常煮白石為糧，因就白石山居。」

寄李儋元錫

韋應物

去年花裡逢君別，今日花開已一年。
世事茫茫難自料，春愁黯黯獨成眠。
身多疾病思田里，邑有流亡愧俸錢。
聞道欲來相問訊，西樓望月幾回圓。

李儋、元錫—皆為作者友人。

黯黯—心神黯淡的樣子。

田里—百姓的田地住宅。

邑—所管轄的地區。

流亡—流亡的難民。

愧—愧對。

幾回圓—過了數月。

淮上喜會梁川故人

韋應物

江漢曾為客，相逢每醉還。
浮雲一別後，流水十年間。
歡笑情如舊，蕭疏鬢已斑。
何因不歸去？淮上有秋山。

淮上—今江蘇淮陰一帶。
浮雲—比喻時光流逝。
蕭疏—稀疏。
何因—為何。

話舊

存亡三十載，事過悉成空。
不惜沾衣淚，並話一宵中。

韋應物

載—計算時間的單位，為一年。
悉—都。
一宵—徹夜。

江上喜逢司空文明

李端

秦人江上見，握手淚沾巾。

落日見秋草，暮年逢故人。

非夫長作客，多病淺謀身。

臺閣舊親友，誰曾見苦辛。

司空文明—司空曙，字文明，或作文初，亦是大曆十才子之一。

暮年—晚年。

淺謀身—不擅謀劃，意指不諳官場。

送客還幽州

李益

惆悵秦城送獨歸，薊門雲樹遠依依。
秋來莫射南飛雁，從遣乘春更北飛。

還—回去。
幽州—約於現今河北省、遼寧一帶。
遣—派遣大雁。
乘春—順著春意往北代替作者探望朋友。

喜見外弟又言別

十年離亂後，長大一相逢。
問姓驚初見，稱名憶舊容。
別來滄海事，語罷暮天鐘。
明日巴陵道，秋山又幾重。

李益

外弟—表弟。

言別—話別。

別來—指分別十年以來。

滄海事—形容世事變化很大。

暮天鐘—黃昏寺院的鳴鐘。

巴陵道—即岳州，今湖南省岳陽市。

古怨別

颯颯秋風生，愁人怨離別。
含情兩相向，欲語氣先咽。
心曲千萬端，悲來卻難說。
別後唯所思，天涯共明月。

孟郊

颯颯—狀聲詞，形容風聲。

相向—面對面。

咽—哽咽的哭聲。

心曲—心事。

遊子吟

孟郊

慈母手中線，遊子身上衣。
臨行密密縫，意恐遲遲歸。
誰言寸草心，報得三春暉。

吟—為詩歌的文體之一，由民歌發展而來，不求押韻、對仗，風格較為自由純樸。

密密—細密地。表達出母親對兒子的細緻關愛。

寸草心—遊子的孝心。

暉—用陽光比喻母愛的溫暖。

送遠曲

張籍

戲馬台南山簇簇，山邊飲酒歌別曲。
行人醉後起登車，席上回尊向僮僕。
青天漫漫復長路，遠遊無家安得住。
願君到處自題名，他日知君從此去。

簇簇—叢列群聚在一起。
別曲—跟離別有關的歌曲。
僮僕—泛指僕人。
題名—於旅途中在柱子或壁上留下自己的名字。

秋思

張籍

洛陽城裡見秋風，欲作家書意萬重。
復恐匆匆說不盡，行人臨發又開封。

意萬重—思鄉情緒翻騰。
復—又。
臨發—即將要出發。
開封—拆開信封再度新增書信內容。

十五夜望月寄杜郎中

王建

中庭地白樹棲鴉，冷露無聲溼桂花。
今夜月明人盡望，不知秋思落誰家。

郎中—官名，秦漢時，掌宮廷侍衛。隋代以後，為六部內各司之主管。

地白—地面受皎潔月光照耀呈白色。

溼—沾濕。

寄蜀中薛濤校書

王建

萬里橋邊女校書，枇杷花裡閉門居。
掃眉才子於今少，管領春風總不如。

薛濤—中唐知名女詩人，工詩文，製粉紅小信箋，稱「薛濤箋」。

校書—因薛濤善詩文，詩人贈詩稱「女校書」。後來也用來形容富有才華的女子。

掃眉才子—用來比喻通曉文學的女子。

管領—掌管，意指獨領風騷。

春風—此處用來比喻文采。

同水部張員外籍曲江春遊寄白二十二舍人

韓愈

漠漠輕陰晚自開，青天白日映樓臺。
曲江水滿花千樹，有底忙時不肯來。

水部張員外—指張籍，唐代知名詩人，曾任水部員外郎，常稱張水部。

曲江—指曲江池，在現今陝西東南邊，因池水曲折得名。

白二十二舍人—指白居易，在家中排行二十二，又曾任中書舍人。

漠漠—迷茫的樣子。

花千樹—兩岸風光明媚，繁花盛開。

「有底」句—意謂有什麼好忙的，竟然不來欣賞這些美好的風景。白居易回贈〈酬韓侍郎張博士雨後遊曲江見寄〉：「小園新種紅櫻樹，閒繞花行便當遊。何必更隨鞍馬隊，衝泥蹋雨曲江頭？」

除官赴闕至江州寄鄂嶽李大夫

韓愈

盆城去鄂渚，風便一日耳。
不枉故人書，無因帆江水。
故人辭禮闈，旌節鎮江圻。
而我竄逐者，龍鍾初得歸。
別來已三歲，望望長迢遞。
咫尺不相聞，平生那可計。
我齒落且盡，君鬢白幾何。
年皆過半百，來日苦無多。

除官—更換職位。

李大夫—即李程，時人號八磚學士，官至宰相。

鄂渚—鄂州市，於今湖北省。李程前往出任鄂州刺史。

去—距離。

風便一日耳—順風的話一日便可達。

枉—枉費。

禮闈—漢代的尚書省自唐代後為禮部的代稱，李程曾拜禮部侍郎。

竄逐者—此詩作於韓愈第二次被貶官，從袁州赴京師途中，形容於官場不得意，四處移動。

龍鍾—年紀老邁。

歲—年。

迢遞—距離遙遠。

少年樂新知，衰暮思故友。
譬如親骨肉，寧免相可不。
我昔實愚蠢，不能降色辭。
子犯亦有言，臣猶自知之。
公其務貰過，我亦請改事。
桑榆倘可收，願寄相思字。

樂新知—樂於結交新的朋友。

降色—言語恭謙。

子犯有言—《左傳》載春秋人狐偃，為晉文公（重耳）的舅舅，隨其在外流落多年，後輔助回國即位，但他怕晉文公疏遠，便將一塊璧給之，故作辭去，晉文公曰：「所不與舅氏同心者，有如白水。」將璧投於河中，表其心可鑑。韓愈在此用狐偃自比，以退為進，實因忠言獲罪發牢騷。

貰過—寬恕過錯。

「桑榆」句—《後漢書》：「始雖垂翅回谿，終能奮翼黽池，可謂失之東隅，收之桑榆。」表示雖有所損失，仍能有所補償。

落葉送陳羽

韓愈

落葉不更息，斷蓬無復歸。
飄颻終自異，邂逅暫相依。
悄悄深夜語，悠悠寒月輝。
誰云少年別，流淚各沾衣。

陳羽—唐朝詩人，早年與僧人靈一有往來。

息—停止。

飄颻—隨風飛翔。

贈賈島

韓愈

孟郊死葬北邙山，日月星辰頓覺閒。
天恐文章中斷絕，再生賈島在人間。

北邙山—山名，在河南省洛陽縣北。
頓—頓時。
閒—無法在孟郊筆下熠熠生輝。
再生—並非託生轉世之意，指兩人才情相當，得以聲名並列。

秋霖夜憶家

◎隨駕在鳳翔府

韓偓

垂老何時見弟兄，背燈愁泣到天明。
不知短髮能多少，一滴秋霖白一莖。

時因為黃巢攻進長安，隨唐昭宗投奔鳳翔，韓後升兵部侍郎、翰林承旨。

秋霖—秋天降下的大雨。

莖—髮莖。

別李郎中

薛濤

花落梧桐鳳別凰，想登秦嶺更淒涼。
安仁縱有詩將賦，一半音詞雜悼亡。

安仁—晉代詩人潘岳的字，此處以潘岳才情自比。
雜—夾雜。

送友人

薛濤

水國蒹葭夜有霜，月寒山色共蒼蒼。

誰言千里自今夕，離夢杳如關塞長。

水國—水鄉。

蒹葭—荻草與蘆葦，亦為《詩經．秦風》中的篇章，意指所慕之人不可得。

蒼蒼—夜色蒼茫。

離夢—離別後做的夢。

杳—消失無蹤。

再授連州至衡陽酬柳柳州贈別

劉禹錫

去國十年同赴召，渡湘千里又分岐。
重臨事異黃丞相，三黜名慚柳士師。
歸目並隨回雁盡，愁腸正遇斷猿時。
桂江東過連山下，相望長吟有所思。

連州—於廣東省連縣，劉禹錫此番受任連州刺史。

柳柳州—柳宗元，曾任柳州刺史，故稱。

黃丞相—為西漢賢相黃霸，曾任揚州刺史和潁川太守，受民眾愛戴，官聲清明。

黜—被免職。

柳士師—即柳下惠，春秋時魯人，孟子曾稱他「聖之和者」，因坐懷不亂而聞名後世。

歸目—眼神望向家鄉的方向。

有所思—古樂府篇名，內容多為思念情人，此指思念友人之情。

杏園花下酬樂天見贈

劉禹錫

二十餘年作逐臣，歸來還見曲江春。
遊人莫笑白頭醉，老醉花間有幾人。

杏園—唐代新科進士登榜，多在杏園旁的曲江進行宴會，因此又稱「曲江宴」、「杏園宴」。

樂天—白居易字樂天。

見贈—贈我。此詩回贈白居易〈杏園花下贈劉郎中〉：「怪君把酒偏惆悵，曾是貞元花下人。自別花來多少事，東風二十四回春。」

二十餘年—劉禹錫被貶至今已二十三年。

和令狐相公別牡丹

劉禹錫

平章宅裡一欄花，臨到開時不在家。
莫道兩京非遠別，春明門外即天涯。

和—唱和。此詩酬令狐楚〈赴東都別牡丹〉：「十年不見小庭花，紫萼臨開又別家。上馬出門回首望，何時更得到京華。」

令狐相公—即令狐楚，官至宰相，相公即對宰相的尊稱，尤善六四駢文，在牛李黨爭中為牛黨的重要人物，曾舉薦李商隱，但在李商隱娶了李黨王茂元之女為妻後，朝中人士也多一起擯排之。

牡丹—唐人有賞牡丹的風氣。《酉陽雜俎》：「楚宅在開化坊，牡丹最盛。」

平章—職官名，唐宋以同平章事為宰相之職。

春明門—長安城東有三面門，中為春明。出此門即要離開長安。

洛中送韓七中丞之吳興口號

◎五首其一

劉禹錫

昔年意氣結群英，幾度朝回一字行。

海北天南零落盡，兩人相見洛陽城。

韓七中丞—為韓泰，和劉禹錫一同參與王叔文領導的永貞改革，改革失敗，與二王八司馬（含劉禹錫、柳宗元）一起被貶斥。

口號—隨口吟成。

結—結交。

一字行—排成一列，指聚在一起。

海北天南—形容距離遙遠，為成語「天南地北」出處。

重至衡陽傷柳儀曹

劉禹錫

元和乙未歲，與故人柳子厚臨湘水為別，柳浮舟適柳州，余登入赴連州。後五年，余從故道出桂嶺，至前別處，而君沒於南中，因賦詩以投弔。

憶昨與故人，湘江岸頭別。
我馬映林嘶，君帆轉山滅。
馬嘶循古道，帆滅如流電。
千里江蘺春，故人今不見。

傷—為之悲痛。

衡陽—時為唐憲宗元和十年，柳劉前往柳州、連州赴任，於衡陽別過。

柳儀曹—為柳宗元的別稱，一般稱禮部郎官為儀曹，又柳曾任禮部員外郎，故稱。

桂嶺—從衡陽到連州所經過的地方。

映—掩映。

滅—失去蹤影。

流電—形容快速。

江蘺—植物名，又名蘼蕪。

酬樂天揚州初逢席上見贈

劉禹錫

巴山楚水淒涼地，二十三年棄置身。
懷舊空吟聞笛賦，到鄉翻似爛柯人。
沉舟側畔千帆過，病樹前頭萬木春。
今日聽君歌一曲，暫憑杯酒長精神。

酬—酬唱，以詩相和。

巴山楚水—現四川東部以前屬於巴國；現湖南北部與湖北地區一帶屬於楚國。

棄置—遭受貶謫。

聞笛賦—指西晉向秀的〈思舊賦〉，友嵇康、呂安遭司馬政權殺害，後向秀經其舊居聞鄰居笛聲，頓生感傷，做此賦。柳宗元用此典故緬懷已逝友人。

爛柯—用《述異記》王質砍柴典故，比喻遭貶年歲恍如隔世。晉代王質上山砍柴，遇仙人下棋，置斧而觀，後見斧柄朽爛，回家時，已百歲，時人皆不識。

歌一曲—指白居易〈醉贈劉二十八使君〉。

酬樂天詠老見示

劉禹錫

人誰不願老，老去有誰憐。
身瘦帶頻減，髮稀冠自偏。
廢書緣惜眼，多炙為隨年。
經事還諳事，閱人如閱川。
細思皆幸矣，下此便翛然。
莫道桑榆晚，為霞尚滿天。

詠老—白居易作〈詠老贈夢得〉。

見示—拿給我看。

冠—帽子。

廢書—不看書。

惜眼—愛惜視力。

經事—歷經人世。

閱人如閱川—典自陸機〈嘆逝賦〉：「悲夫，川閱水以成川，水滔滔而日度。」表達歲月逝去的感慨。閱，聚集。

幸—幸運，此為優點之意。

下—在此有解決問題之意。

翛然—毫無牽掛、自由自在。

桑榆—太陽落下的地方，比喻人的晚年。

為—製造。一作「微」。

「莫道」二句—表現作者面對老年生活仍抱持樂觀積極的態度，以此寬慰老友。

憶樂天

劉禹錫

尋常相見意殷勤，別後相思夢更頻。
每遇登臨好風景，羨他天性少情人。

殷勤—心意真切。

他—別人。

「**每遇登臨**」二句—每次登高，就不免觸景傷情，滿懷懷身世之感又思念友人，故說羨慕那些較不會傷情之人。

立秋日曲江憶元九

下馬柳陰下，獨上堤上行。
故人千萬里，新蟬三兩聲。
城中曲江水，江上江陵城。
兩地新秋思，應同此日情。

白居易

立秋—農曆二十四節氣之一，約為國曆八月七至九日，代表秋天即將來臨。

元九—元稹在家中排行第九，故名。

兩地—元稹於元和五年後被貶為江陵府士曹參軍，而白居易時任翰林學士。

同李十一醉憶元九

白居易

花時同醉破春愁，醉折花枝作酒籌。
忽憶故人天際去，計程今日到梁州。

李十一—即李建，字杓直，為唐朝大臣，同時亦與元稹交好。

破—解除。

酒籌—飲酒時用來計算巡數或酒令的竹片。

計程—估計路程，揣測現在元稹人身在何處，掛心友人。而元稹於同日寫〈梁州夢〉。

舟中讀元九詩

白居易

把君詩卷燈前讀，詩盡燈殘天未明。
眼痛滅燈猶闇坐，逆風吹浪打船聲。

把——手持。
闇——昏暗。
猶闇坐——讀完詩仍在夜晚獨坐，胸中思緒奔騰不息，無心思入睡。

別元九後詠所懷

白居易

零落桐葉雨，蕭條槿花風。
悠悠早秋意，生此幽閒中。
況與故人別，中懷正無悰。
勿云不相送，心到青門東。
相知豈在多，但問同不同。
同心一人去，坐覺長安空。

零落、蕭條——寂寞冷清的樣子。
中懷——心中。
悰——喜樂之情。
青門——長安城東南方的城門。
相知——互為知己，能了解對方。

李白墓

白居易

採石江邊李白墳，繞田無限草連雲。
可憐荒壠窮泉骨，曾有驚天動地文。
但是詩人多薄命，就中淪落不過君。

採石江—即牛渚磯，位於安徽省，相傳為李白捉月墜江之處。
荒壟—荒蕪的墳墓。
窮泉—九泉、黃泉。
就中—其中。
淪落—失意落魄。
不過君—不會超過李白，意指沒有人比李白還要落魄失意。

初與元九別後忽夢見之及寤而書適至兼寄桐花詩悵然感懷因以此寄

白居易

永壽寺中語，新昌坊北分。
歸來數行淚，悲事不悲君。
悠悠藍田路，自去無消息。
計君食宿程，已過商山北。
昨夜雲四散，千里同月色。
曉來夢見君，應是君相憶。

元九—元稹在家中排行第九，故稱元九。
寤—睡醒。
計—估算。

夢中握君手，問君意何如。
君言苦相憶，無人可寄書。
覺來未及說，叩門聲冬冬。
言是商州使，送君書一封。
枕上忽驚起，顛倒著衣裳。
開緘見手札，一紙十三行。
上論遷謫心，下說離別腸。
心腸都未盡，不暇敘炎涼。
云作此書夜，夜宿商州東。
獨對孤燈坐，陽城山館中。

覺來—睡醒。
冬冬—敲門的聲音，如同「咚咚」。
顛倒—言其起身慌亂，連衣服都上下穿反。
手札—書信。
遷謫心—被貶謫的心情。
心腸—滿腹真誠的心事。
不暇敘炎涼—無暇聊及其他閒事。
山館—山中驛館。

夜深作書畢，山月向西斜。
月下何所有，一樹紫桐花。
桐花半落時，復道正相思。
殷勤書背後，兼寄桐花詩。
桐花詩八韻，思緒一何深。
以我今朝意，憶君此夜心。
一章三遍讀，一句十回吟。
珍重八十字，字字化為金。

復—又。

書—寫。

南浦別

南浦淒淒別，西風嫋嫋秋。
一看腸一斷，好去莫回頭。

白居易

南浦——泛指送別之地。
嫋嫋——形容秋風吹動。

哭崔兒

白居易

掌珠一顆兒三歲，鬢雪千莖父六旬。
豈料汝先為異物，常憂吾不見成人。
悲腸自斷非因劍，啼眼加昏不是塵。
懷抱又空天默默，依前重作鄧攸身。

崔兒—白居易唯一的親生兒子，三歲早夭。

掌珠—極其疼愛鍾愛的人。

六旬—六十歲。旬，十年。

異物—指已死之人。

鄧攸—晉朝人，《世說新語．德行》載鄧悠逃難中，為保全弟弟的兒子，捨棄救自己孩子，後來再也無子。

哭劉尚書夢得 ◎二首其一

白居易

四海齊名白與劉，百年交分兩綢繆。
同貧同病退閑日，一死一生臨老頭。
杯酒英雄君與操，文章微婉我知丘。
賢豪雖歿精靈在，應共微之地下遊。

夢得—劉禹錫字夢得，與白居易齊名「白劉」。

交分—交情、情分。

綢繆—關係緊密，難分難捨。

杯酒英雄君與操—三國煮酒論英雄的故事中，曹操對劉備曰：「天下英雄，唯使君與操耳。」

微婉—精微委婉。《春秋》云：「春秋之旨，微而婉也。」

知丘—丘為孔子的名，因孔子著春秋，故用知丘稱呼對作者或作品非常了解透徹之人。

「杯酒英雄」二句—用來比喻兩人互相賞識、知心知己。

歿—逝去、消失。

精靈—精神魂魄。

微之—元稹字微之，劉禹錫、元稹、白居易三人交誼深厚。

除夜寄弟妹

白居易

感時思弟妹，不寐百憂生。
萬里經年別，孤燈此夜情。
病容非舊日，歸思逼新正。
早晚重歡會，羈離各長成。

除夜—除夕夜。

時—時局。
寐—睡。

新正—農曆正月初一。

羈離—羈旅之思。
長成—形成。

寄元九

白居易

一病經四年，親朋書信斷。
窮通合易交，自笑知何晚。
元君在荊楚，去日唯雲遠。
彼獨是何人，心如石不轉。
憂我貧病身，書來唯勸勉。
上言少愁苦，下道加餐飯。
憐君為謫吏，窮薄家貧褊。
三寄衣食資，數盈二十萬。

斷—斷絕，沒有聯絡。

窮通—窮困與顯達。

「窮通合易交」二句—窮困跟顯貴身分不同時，應該要交不同的朋友，自嘲知道這個道理已經太晚了。

去日—從分離的日子算起，指兩人分別的時間。

石不轉—心意堅定不改。

貧褊—貧窮窘迫。褊，狹小，在此引為貧困。

豈是貪衣食，感君心繾綣。
念我口中食，分君身上暖。
不因身病久，不因命多蹇。
平生親友心，豈得知深淺。

心繾綣──兩人交情緊密深厚。
念──掛念。
命蹇──命不好。蹇，困苦。

問劉十九

綠螘新醅酒，紅泥小火爐。
晚來天欲雪，能飲一杯無。

白居易

綠螘—酒上浮起的綠色泡沫，亦指美酒。
新醅酒—剛釀好的酒。

得行簡書聞欲下峽先以詩寄

白居易

朝來又得東川信，欲取春初發梓州。
書報九江聞暫喜，路經三峽想還愁。
瀟湘瘴霧加餐飯，灩澦驚波穩泊舟。
欲寄兩行迎爾淚，長江不肯向西流。

行簡—白行簡，白居易的弟弟，時在梓州，而白居易時任江州司馬。

三峽—大致從四川奉節到湖北宜昌，江水湍急，為長江上游最險惡的一段。

瘴霧—山林濕熱，容易使人生病。

灩澦—即灩澦堆，在四川瞿塘峽口，水勢湍急。

「書報九江」四句—白居易收到弟弟來信，知道行簡要來江州，但想到沿途水路險惡，不禁為弟弟擔心。

望月有感

白居易

元自河南經亂，關內阻飢，兄弟離散，各在一處。因望月有感，聊書所懷，寄上浮梁大兄、於潛七兄、烏江十五兄，兼示符離及下邽弟妹。

時難年荒世業空，弟兄羈旅各西東。
田園寥落干戈後，骨肉流離道路中。
弔影分為千里雁，辭根散作九秋蓬。
共看明月應垂淚，一夜鄉心五處同。

羈旅—流落他鄉。
寥落—荒蕪。
干戈—干為盾，戈為戟，後引申為戰爭。
弔影—形單影隻。
辭根—離開根部。喻兄弟離家分散。
蓬—蓬草，於秋天隨風飄散，多用來比喻漂泊的游子。
五處—小序所說的五個地點。

欲與元八卜鄰先有是贈

白居易

平生心跡最相親，欲隱牆東不為身。
明月好同三徑夜，綠楊宜作兩家春。
每因暫出猶思伴，豈得安居不擇鄰。
何獨終身數相見，子孫長作隔牆人。

元八—本名元簡宗，字居敬，是白居易重要的文友之一。

卜鄰—當鄰居。

心跡—真心的想法。

「欲隱牆東」句—典自《後漢書．逸民傳．逢萌》：「君公遭亂獨不去，儈牛自隱。時人謂之論曰：『避世牆東王君公。』」比喻隱身在市販走卒之中。

身—自己。

何獨—哪有只有。

長—常常。

詠老贈夢得

與君俱老也，自問老何如。
眼澀夜先臥，頭慵朝未梳。
有時扶杖出，盡日閉門居。
懶照新磨鏡，休看小字書。
情於故人重，跡共少年疏。
唯是閒談興，相逢尚有餘。

白居易

夢得—劉禹錫字夢得，劉收到此詩後，回贈〈酬樂天詠老見示〉以表寬慰。

俱—都。

磨鏡—古人以銅為鏡，需常常打磨才能照得清楚。

休看—停止看，不看了。

跡—與友人的交往。

疏—減少。

感舊詩卷

白居易

夜深吟罷一長吁，老淚燈前溼白鬚。

二十年前舊詩卷，十人酬和九人無。

吁—嘆氣。

「十人酬和」句—感嘆友人大多已身亡不在。

酬和元九東川路詩十二首江樓月

十二篇皆因新境追憶舊事，不能一一曲敘，但隨而和之，唯余與元知之耳。

白居易

嘉陵江曲曲江池，明月雖同人別離。
一宵光景潛相憶，兩地陰晴遠不知。
誰料江邊懷我夜，正當池畔望君時。
今朝共語方同悔，不解多情先寄詩。

一宵——一晚。
陰晴——心情上的順利或困境。

夢微之

白居易

夜來攜手夢同遊，晨起盈巾淚莫收。
漳浦老身三度病，咸陽宿草八回秋。
君埋泉下泥銷骨，我寄人間雪滿頭。
阿衛韓郎相次去，夜臺茫昧得知不？

微之—元稹字微之。

漳浦—漳水之濱。

宿草—借指墳墓。

八回秋—從元稹過世至今已過了八年。

泉下—黃泉之下。

銷—侵蝕毀壞。

寄—暫居。

雪滿頭—白髮滿頭。

阿衛韓郎—阿衛是元稹的小兒子，韓郎則為元稹女婿。又有一說韓郎為韓泰的兒子。

相次去—相繼而去。

夜臺—墳墓。

與夢得沽酒閒飲且約後期

白居易

少時猶不憂生計，老後誰能惜酒錢。
共把十千沽一斗，相看七十欠三年。
閒徵雅令窮經史，醉聽清吟勝管絃。
更待菊黃家醞熟，共君一醉一陶然。

猶—尚且。
惜—吝惜。
十千—十千錢，意指為相聚大醉一場不惜酒錢。
沽—買。
欠—相距。即六十七歲。
徵—行酒令。
雅令—酒令的美稱。
窮經史—搜盡滿腹才學。
管絃—美妙的絲竹之樂。
醞—釀酒。

賦得古原草送別

白居易

離離原上草，一歲一枯榮。
野火燒不盡，春風吹又生。
遠芳侵古道，晴翠接荒城。
又送王孫去，萋萋滿別情。

賦得─分到題目賦詩。

離離─茂盛的樣子。

歲─年。

枯榮─枯萎與興盛，生生不息。

芳─草的濃郁香氣。

侵─侵占。

接─連接。

王孫─原本泛指貴族子弟，此指作者的朋友。

萋萋─草茂盛的樣子。古人常用青草連綿比喻離情。

贈內

白居易

生為同室親，死為同穴塵。
他人尚相勉，而況我與君。
黔婁固窮士，妻賢忘其貧。
冀缺一農夫，妻敬儼如賓。
陶潛不營生，翟氏自爨薪。
梁鴻不肯仕，孟光甘布裙。
君雖不讀書，此事耳亦聞。
至此千載後，傳是何如人。

贈內—白居易寫給妻子楊氏的詩。

相勉—互相勉勵。

黔婁—戰國時期隱士，不仕，家中貧困。

冀缺—即郤缺，為春秋士大夫，因其父芮封冀，故又稱冀缺。

爨薪—以火燒柴。爨，炊也。

梁鴻—東漢隱士，與其妻相敬如賓，即成語「舉案齊眉」由來。

甘—心甘情願。

人生未死間，不能忘其身。
所須者衣食，不過飽與溫。
蔬食足充饑，何必膏粱珍。
繒絮足禦寒，何必錦繡文。
君家有貽訓，清白遺子孫。
我亦貞苦士，與君新結婚。

膏粱—肥肉與美穀，指精美的食物。
繒絮—粗劣的衣服。
錦繡文—精美有花紋的絲織品。
貽訓—傳給後人的格言、教誨。
遺—留給。
貞苦—堅貞清苦。

醉贈劉二十八使君

白居易

為我引杯添酒飲，與君把箸擊盤歌。
詩稱國手徒為爾，命壓人頭不奈何。
舉眼風光長寂寞，滿朝官職獨蹉跎。
亦知合被才名折，二十三年折太多。

劉二十八使君—即劉禹錫。

引、把—拿。

箸—筷子。

徒為爾—你現在的處境也不過如此。為朋友抱憾。

命壓人頭—因命運使其不能出人頭地。

蹉跎—虛度光陰。指仕途無法順利。

合被—應該是被。

才名—才學跟名氣。

折—折損、連累。

二十三年—劉禹錫從永貞革新（永貞元年）開始被貶，於被貶連州途中轉貶朗州司馬十年，後又被貶連州、夔州、和州等，直到大和元年才奉召回京，大約過了二十三年。

贈夢得

白居易

前日君家飲，昨日王家宴。
今日過我廬，三日三會面。
當歌聊自放，對酒交相勸。
為我盡一杯，與君發三願。
一願世清平，二願身強健。
三願臨老頭，數與君相見。

過—拜訪。
廬—住處。
當歌聊自放—應該盡情高歌暢意。聊，樂也。
交相勸—互相勸酒。
世清平—天下世道太平。
臨老頭—等到年老時。
數—數次。

覽盧子蒙侍御舊詩多與微之唱和感今傷昔因贈子蒙題於卷後

白居易

早聞元九詠君詩，恨與盧君相識遲。
今日逢君開舊卷，卷中多道贈微之。
相看掩淚情難說，別有傷心事豈知。
聞道咸陽墳上樹，已抽三丈白楊枝。

感今傷昔—因為看到盧詩集與元稹多有作品往來，而此時元稹已經過世數年，故感傷，想起往事。

抽—抽芽生長。

別舍弟宗一

柳宗元

零落殘魂倍黯然，雙垂別淚越江邊。
一身去國六千里，萬死投荒十二年。
桂嶺瘴來雲似墨，洞庭春盡水如天。
欲知此後相思夢，長在荊門郢樹煙。

越江—此指柳江。

「一身去國」句—柳被貶永州時期，曾作〈同吳武陵贈李睦州詩序〉，詩序云：「永州，去長安尚四千里。」此番被貶柳州，比永州更遠。

「萬死投荒」句—作者歷經貶謫永州司馬十年，又被貶柳州刺史，此詩即作於柳州任內第二年。在這段灰心漫長的貶謫時期，柳母與柳弟宗直又過世，接連遭逢打擊。

桂嶺—山峰名，位於現今廣西。

瘴—山林的濕熱水氣。

重別夢得

柳宗元

二十年來萬事同，今朝岐路忽西東。
皇恩若許歸田去，晚歲當為鄰舍翁。

重別—寫作背景同〈衡陽與夢得分路贈別〉同，兩人在被貶的路上即將分別，劉被貶連州，柳被貶柳州，但此別後就是永別，柳後來死於任上。

夢得—劉禹錫字夢得。

「二十年來」句—柳宗元與劉禹錫從相識以來的命運相似，同時及第、官級同列、同樣參與永貞革命同樣被貶，同樣被召回京師後又再度被貶。

登柳州城樓寄漳汀封連四州

柳宗元

城上高樓接大荒，海天愁思正茫茫。
驚風亂颭芙蓉水，密雨斜侵薜荔牆。
嶺樹重遮千里目，江流曲似九迴腸。
共來百越文身地，猶自音書滯一鄉。

漳汀封連四州—此為永和十年再貶所寫，柳宗元初貶柳州，而當初被貶的司馬等人，韓泰被貶漳州，韓曄被貶汀州，陳諫被貶封州，劉禹錫被貶連州。

接—連接。

大荒—偏避荒遠之地。

颭—被風吹動。

薜荔—一種灌木植物，習攀牆生長，果實可製出黏液入飲，亦可入藥。

重遮—層層遮掩。

千里目—遙望的視線。

百越—泛指嶺南的少數民族，有紋身習慣。

滯—阻隔、斷絕。

酬曹侍御過象縣見寄

柳宗元

破額山前碧玉流，騷人遙駐木蘭舟。
春風無限瀟湘意，欲採蘋花不自由。

破額山—象縣附近的山。

木蘭舟—對船的美稱，也表友人的品德高潔。

「春風無限」二句—典自梁朝柳渾〈江南曲〉：「汀洲採白蘋，日落江南春。洞庭有歸客，瀟湘逢故人。」此謂雖然想贈白蘋予友人，但無奈見不到面，用此信以表歉意。

與浩初上人同看山寄京華親故

柳宗元

海畔尖山似劍鋩，秋來處處割愁腸。
若為化作身千億，散向峰頭望故鄉。

劍鋩——劍鋒，最銳利的部分。〈東坡題跋·書柳子厚詩〉：「道旁諸峰，真如劍鋩。誦子厚詩，知海山多奇峰也。」

衡陽與夢得分路贈別

柳宗元

十年憔悴到秦京，誰料翻為嶺外行。
伏波故道風煙在，翁仲遺墟草樹平。
直以慵疏招物議，休將文字佔時名。
今朝不用臨河別，垂淚千行便濯纓。

夢得—劉禹錫字夢得。

「十年憔悴」二句—柳宗元、柳禹錫等人因為永貞革新，被貶十年，兩人被召回京後又再度被貶，劉被貶播州（今貴州），柳則被貶柳州，但因劉母年邁，柳便求跟劉交換貶地，後裴度向唐憲宗陳情，故將劉改貶連州。本詩於此次赴任途中欲分手時所寫。

秦京—秦首都咸陽，在長安附近，借指京城。

翻—轉變。

嶺外行—柳宗元被貶柳州，位在嶺南。

伏波故道—東漢光武帝時，馬援將軍被封伏波將軍，世稱馬伏波。此番南行之路，正是當時馬援南征交趾之路。

翁仲遺墟—阮翁仲為秦朝的大力士，高大壯碩，秦始皇曾派他嚇阻匈奴。秦始皇曾以翁仲的樣子鑄金人，故百姓將銅像、石像等稱為翁仲。

慵疏—慵懶疏遠，意指不會殷勤套關係。

招物議—遭受批評、非議。

「休將文字」句—劉禹錫此次因為寫了〈贈戲看花諸君子〉而被貶，數度因文字惹禍。

濯纓—典自《楚辭・漁父》：「滄浪之水清兮，可以濯吾纓。」濯纓，清洗帽帶。

重贈樂天

樂人商玲瓏能歌，歌予數十詩。

元稹

休遣玲瓏唱我詩，我詩多是別君詞。
明朝又向江頭別，月落潮平是去時。

商玲瓏—歌妓，白居易另有作〈醉歌示妓人商玲瓏〉。

別—別離。

潮—潮汐。

去—離開。

寄樂天

元稹

閑夜思君坐到明，追尋往事倍傷情。

同登科後心相合，初得官時髭未生。

二十年來諳世路，三千里外老江城。

猶應更有前途在，知向人間何處行。

登科——科舉上榜。

髭——鬍鬚。

諳——熟悉。

世路——社會的狀況、險惡冷暖。

得樂天書

元稹

遠信入門先有淚，妻驚女哭問何如。
尋常不省曾如此，應是江州司馬書。

不省—沒有發生過。

江州司馬—白居易於元和十年被貶江州司馬。

梁州夢

元稹

是夜宿漢川驛，夢與杓直、樂天同遊曲江，兼入慈恩寺諸院，倏然而寤，則遞乘及階，郵使已傳呼報曉矣。

夢君同繞曲江頭，也向慈恩院院遊。
亭吏呼人排去馬，所驚身在古梁州。

梁州夢—此詩與白居易〈同李十一醉憶元九〉有關，白詩云：「忽憶故人天際去，計程今日到梁州。」而元稹不但剛好到梁州，還在夢中與白居易、李建一同於曲江遊樂。

杓直—李建字杓直，唐朝大臣，授校書郎、右拾遺、翰林學士，出為澧州刺史等。

倏然—很快地。

寤—醒來。

遞乘—換乘的馬匹。

酬樂天舟泊夜讀微之詩

元稹

知君暗泊西江岸，讀我閒詩欲到明。

今夜通州還不睡，滿山風雨杜鵑聲。

酬—回贈白居易〈舟中讀元九詩〉：「把君詩卷燈前讀，詩盡燈殘天未明。眼痛滅燈猶闇坐，逆風吹浪打船聲。」

通州—元稹於元和十年被貶通州司馬。

「滿山風雨」句—用外在環境形容收到白居易來信之情緒澎湃激動，亦與白詩「逆風吹浪打船聲」相呼應。

酬樂天頻夢微之

元稹

山水萬重書斷絕，念君憐我夢相聞。
我今因病魂顛倒，唯夢閒人不夢君。

酬—回贈白居易〈夢微之〉：「晨起臨風一惆悵，通川湓水斷相聞。不知憶我因何事，昨夜三更夢見君。」

魂顛倒—因病而精神恍惚。

閒人—不相干的人。

聞樂天授江州司馬

元稹

殘燈無焰影幢幢，此夕聞君謫九江。

垂死病中驚坐起，暗風吹雨入寒窗。

授江州司馬—元和十年，白居易上書，請求逮捕刺殺宰相武元衡的兇手，結果得罪權貴，被貶為江州司馬。元稹時任通州刺史。

幢幢—影子飄忽不定。

謫—被貶官。

九江—即江州，為現江西省。

題詩後

賈島

兩句三年得，一吟雙淚流。
知音如不賞，歸臥故山秋。

兩句三年得—花上三年時間，才終於苦思出這兩句。為〈送無可上人〉頸聯：「獨行潭底影，數息樹邊身。」此詩即題於該詩後。

賞—欣賞。

謝亭送別

許渾

勞歌一曲解行舟，紅葉青山水急流。
日暮酒醒人已遠，滿天風雨下西樓。

謝亭—又名謝公亭、新亭，為謝朓任太守時所建。

勞歌—古人習於勞勞亭旁送別，泛指憂傷、別離之歌。

解—解開船的纜繩。

日暮酒醒—先前已行餞別酒筵，用突然酒醒強調驀然面對別離的感傷跟茫然，最後黯然離去。

送張判官歸兼謁鄂州大夫

杜牧

處士聞名早，遊秦獻疏回。
腹中書萬卷，身外酒千杯。
江雨春波闊，園林客夢催。
今君拜旌戟，凜凜近霜臺。

謁──晉見。

旌戟──旌旗與棨戟為官吏出行時，置於前方的儀仗。在此借指高官。

凜凜──氣勢逼人。

寄揚州韓綽判官

杜牧

青山隱隱水迢迢，秋盡江南草未凋。
二十四橋明月夜，玉人何處教吹簫？

韓綽──其人不詳。
判官──觀察史、節度史的屬官。
二十四橋──揚州名橋。
玉人──指韓綽。

登池州九峰樓寄張祜

杜牧

百感中來不自由，角聲孤起夕陽樓。
碧山終日思無盡，芳草何年恨即休？
睫在眼前長不見，道非身外更何求。
誰人得似張公子，千首詩輕萬戶侯。

張祜—字承吉，唐代詩人，家世顯赫，擅宮詞，代表作為〈何滿子〉。

百感—種種感慨。

睫—眼睫毛。

長—猶、仍然。

身外—自身以外。

萬戶侯—高官顯貴。

江樓感舊

趙嘏

獨上江樓思渺然，月光如水水如天。

同來望月人何處？風景依稀似去年。

渺然——情思悠遠。

悼亡 ◎二首其二

趙嘏

明月蕭蕭海上風，君歸泉路我飄蓬。

門前雖有如花貌，爭奈如花心不同。

蕭蕭—擬聲詞，形容風聲。

泉路—黃泉之路，指陰間。

飄蓬—如秋天的蓬草般漂泊不定，心無處安定。

爭奈—怎奈。

送僧遊山

熊孺登

雲身自在山山去，何處靈山不是歸。
日暮寒林投古寺，雪花飛滿水田衣。

雲身—像雲一樣無拘無束。
靈山—心靈所皈依的地方。
投—投宿。
水田衣—袈裟的別名。

懷白居易

唐宣宗

綴玉聯珠六十年，誰教冥路作詩仙。
浮雲不繫名居易，造化無為字樂天。
童子解吟長恨曲，胡兒能唱琵琶篇。
文章已滿行人耳，一度思卿一愴然。

綴玉聯珠—用珠玉形容白居易寫的詩文絕美精妙。

教—讓。到了冥界仍被延請寫詩。

無為—道家主張清靜虛無，順應自然。白晚年受到道家思想影響。

童子—未成年的孩子。

解吟—能吟詠。

「**童子解吟**」二句—白詩的藝術成就，不但流傳甚廣，音律和諧悅耳，且通俗易懂。

「**文章**」句—白詩蔚為流行，行人都知曉。

愴然—悲傷哀痛。

送人東遊

荒戍落黃葉，浩然離故關。
高風漢陽渡，初日郢門山。
江上幾人在，天涯孤棹還。
何當重相見，尊酒慰離顏。

溫庭筠

荒戍—荒涼的士兵營房。
浩然—氣勢豪壯。

棹—船槳，借代為船。

何當—不知何時。
慰—安慰、寬慰。

贈少年

溫庭筠

江海相逢客恨多，秋風葉下洞庭波。
酒酣夜別淮陰市，月照高樓一曲歌。

江海—此指外地。
客恨多—兩人相逢本應開心，卻流落失意，苦恨滿懷。
酒酣—暢快盡情喝酒。

代贈 ◎二首其二

李商隱

東南日出照高樓，樓上離人唱石州。
總把春山掃眉黛，不知供得幾多愁？

石州——樂府商調曲名，主題多為相思愛情。
眉黛——女子畫眉的染料。
供得——能承受多少。

哭劉蕡

李商隱

上帝深宮閉九閽，巫咸不下問銜冤。
廣陵別後春濤隔，湓浦書來秋雨翻。
只有安仁能作誄，何曾宋玉解招魂。
平生風義兼師友，不敢同君哭寢門。

劉蕡—字去華，受牛黨推薦，授祕書郎，但後被宦官陷害，貶柳州司戶參軍。

九閽—天門，借指帝王宮殿之門。

巫咸—神話中的神巫，是用筮占卜的創始者。此指朝廷的人不來辨清真偽。

湓浦—湓水，位於現江西省。

安仁—西晉人潘岳，字安仁，即潘安，善寫哀文、悼亡詩。

誄—文體名，一種哀祭文，敘述死者生前德行、功業的韻文。

「不敢同君」句—《禮記‧檀弓》：「師，吾哭諸寢；朋友，吾哭諸寢門之外。」雖李商隱平生與劉蕡亦師亦友，但還是敬重劉，不敢自居朋友，故只能哭於門外。

宿駱氏亭寄懷崔雍崔袞

李商隱

竹塢無塵水檻清，相思迢遞隔重城。

秋陰不散霜飛晚，留得枯荷聽雨聲。

崔雍、崔袞—李商隱表叔崔戎之子。

竹塢—種竹的小高地。

水檻—臨水的欄杆。

迢遞—距離遙遠。

隔重城—相隔好幾座城。

陰—灰暗的天空。

寄令狐郎中

李商隱

嵩雲秦樹久離居，雙鯉迢迢一紙書。

休問梁園舊賓客，茂陵秋雨病相如。

令狐郎中—即令狐綯，時任右司郎中，其父令狐楚為牛李黨爭的重要人物。

嵩—山名，為中國五嶽之一，位河南省。

雙鯉—借指書信。

梁園—為梁孝王的庭園，司馬相如曾寫〈子虛賦〉受梁孝王賞識，但梁王崩，門下清客便只能自尋出路。用此比喻曾受令狐楚幕府知遇。

杜司勳

李商隱

高樓風雨感斯文，短翼差池不及群。
刻意傷春復傷別，人間惟有杜司勳。

杜司勳—即杜牧，字牧之，為晚唐重要詩人，曾任司勳員外郎。

感—感嘆。

斯文—指杜牧的文雅風度。

差池—意外。

途中寄友人

羅鄴

秋庭悵望別君初，折柳分襟十載餘。
相見或因中夜夢，寄來多是隔年書。
攜樽座外花空老，垂釣江頭柳漸疏。
裁得詩憑千里雁，吟來寧不憶吾廬。

分襟—離別。
中夜—半夜。
樽—酒器。
疏—枝葉漸無。
吾廬—指自己的屋舍。

贈妓雲英

羅隱

鍾陵醉別十餘春，重見雲英掌上身。
我未成名君未嫁，可能俱是不如人。

鍾陵—位現今江西南昌市。
掌上身—運用趙飛燕體態輕盈可舞於掌上的典故。
雲英未嫁—比喻女子尚未出嫁。

哭李商隱

◎二首其二

崔珏

虛負凌雲萬丈才，一生襟抱未曾開。
鳥啼花落人何在，竹死桐枯鳳不來。
良馬足因無主踠，舊交心為絕弦哀。
九泉莫嘆三光隔，又送文星入夜臺。

虛負—空有。

凌雲萬丈—崇高的志向跟理想。

襟抱—懷抱，亦指抱負。

「竹死桐枯」句—《莊子・外篇》：「南方有鳥名鵷雛，南海而飛之北海，非梧桐不棲，非竹實不食，非醴泉不飲。」惡劣的環境迫使李商隱無法發揮才能。

踠—彎曲，此指屈居、屈就。

三光—日、月、星的總稱，指人世間。

文星—文曲星，司掌文運的星宿，富有文彩。此指李商隱。

夜臺—墳墓。

西上辭母墳

陳去疾

高蓋山頭日影微，黃昏獨立宿禽稀。
林間滴酒空垂淚，不見丁寧囑早歸。

獨立——獨自站在那裡良久。

懷良人

葛鴉兒

蓬鬢荊釵世所稀，布裙猶是嫁時衣。
胡麻好種無人種，正是歸時不見歸。

蓬鬢—散亂乾燥的頭髮。

荊釵—荊條做的髮釵，形容貧困的生活。

胡麻—即芝麻。

「胡麻好種」二句—《夷白齋詩話》記載：「胡麻即今芝麻也。種時必夫婦兩手同種，其麻倍收。」因丈夫在外，無法兩人一起耕種，帶有盼望丈夫早歸的含意。

江上別李秀才

韋莊

前年相送灞陵春，今日天涯各避秦。
莫向尊前惜沉醉，與君俱是異鄉人。

避秦—陶淵明《桃花源記》中，描寫一群躲避秦朝暴亂的世外桃源。此指唐末割據的亂世。
尊—同「樽」，酒杯，也常借代為酒。
惜—吝惜。
沉醉—大醉。

菩薩蠻 ◎五首其一

韋莊

勸君今夜須沉醉，尊前莫話明朝事。珍重主人心，酒深情亦深。

須愁春漏短，莫訴金盃滿。遇酒且呵呵，人生能幾何。

沉醉──大醉一場。

春漏──形容美好的時光。漏，古代計時器。

莫訴──不要推辭。

呵呵──笑聲，強顏歡笑。

衢州江上別李秀才

韋莊

千山紅樹萬山雲，把酒相看日又曛。
一曲離歌兩行淚，更知何地再逢君。

衢州—位於浙江。
曛—天色昏暗。

別離

陸龜蒙

丈夫非無淚，不灑離別間。
仗劍對尊酒，恥為遊子顏。
蝮蛇一螫手，壯士即解腕。
所志在功名，離別何足嘆。

仗劍——持劍。

「蝮蛇」二句——《史記・田儋列傳》：「蝮螫手則斬手，螫足則斬足。何者？為害於身也。」後有成語「蝮蛇螫手」比喻有膽識的人，為顧全大局，願犧牲局部。

寄外征衣

陳玉蘭

夫戍邊關妾在吳，西風吹妾妾憂夫。
一行書信千行淚，寒到君邊衣到無？

外—對丈夫的稱謂，陳玉蘭的丈夫是晚唐詩人王駕，以〈社日〉、〈雨晴〉知名。

戍—戍守。

吳—在今今蘇蘇州一帶，亦指江浙一代。

續韋蟾句

韋蟾、武昌妓

韋蟾廉問鄂州，及罷，賓僚祖餞。韋以箋書文選句，授坐客請續。有妓起，口占二句，無不嘉嘆，蟾贈數十千納之。

悲莫悲兮生別離，登山臨水送將歸。
武昌無限新栽柳，不見楊花撲面飛。

文選—全名《昭明文選》，由南朝梁昭明太子蕭統所編。此處韋蟾分別集屈原《九歌》：「悲莫悲兮生別離」與宋玉《九辯》：「登山臨水兮送將歸」成七言絕句。

口占—直接唸出詩句，不用筆墨起草。

「武昌無限」二句—接續前兩句送別的情境，古人以柳為別，縱使栽種無限多的柳樹，我也無法留下，看不見紛飛的楊花了，進一步渲染情境，又點明時間與地點。

寒食寄鄭起侍郎

楊徽之

清明時節出郊原，寂寂山城柳映門。
水隔淡煙脩竹寺，路經疏雨落花村。
天寒酒薄難成醉，地迥樓高易斷魂。
回首故山千里外，別離心緒向誰言。

寒食—寒食節，約在清明前後，為紀念介之推，該日禁火。

淡煙—輕煙。

迥—遠。

【卷三】

宋朝

答外

郭暉妻

碧紗窗下啟緘封，尺紙從頭徹尾空。
應是仙郎懷別恨，憶人全在不言中。

緘封—拆開信封。
尺紙—書信。
仙郎—原本唐代稱尚書省各部郎中、員外郎為仙郎。此用來稱呼郭暉。

夢後寄歐陽永叔

梅堯臣

不趁常參久，安眠向舊溪。

五更千里夢，殘月一城雞。

適往言猶在，浮生理可齊。

山王今已貴，肯聽竹禽啼。

歐陽永叔—即歐陽修，字永叔，為當時古文運動領袖，為唐宋八大家之一。

趁—跟隨。

常參—宋制規定，官五品以上及監察御史、員外郎、太常博士等要每天參加朝見，此處泛指定期入朝。

一城—滿城。

浮生—人生如夢。

山王—山濤跟王戎的簡稱，兩人皆為竹林七賢。

春日西湖寄謝法曹歌

歐陽修

西湖春色歸，春水綠於染。
群芳爛不收，東風落如糝。
參軍春思亂如雲，白髮題詩愁送春。
遙知湖上一樽酒，能憶天涯萬里人。
萬里思春尚有情，忽逢春至客心驚。
雪消門外千山綠，花發江邊二月晴。
少年把酒逢春色，今日逢春頭已白。
異鄉物態與人殊，惟有東風舊相識。

謝法曹—本名謝伯初，字景山，時任許州參軍，宋代參軍等職統稱法曹。法曹，官職名，掌刑法訴訟。

爛—美不勝收。

糝—米粒，此處用來形容被風吹落的花瓣。

送張生

歐陽修

一別相逢十七春，頹顏衰髮互相詢。
江湖我再為遷客，道路君猶困旅人。
老驥骨奇心尚壯，青松歲久色愈新。
山城寂寞難為禮，濁酒無辭舉爵頻。

頹顏—年紀漸長，容貌衰老。

旅人—旅居在外，指對方仍在為功名奔波。

老驥—老馬，用來指壯志猶存。曹操〈龜雖壽〉：「老驥伏櫪，志在千里。烈士暮年，壯心不已。」

「青松歲久」句—《論語·子罕》：「歲寒，而知松柏之後凋也。」

無辭—不要推辭。

爵—古代的一種酒器，下有三腳。

戲答元珍

歐陽修

春風疑不到天涯，二月山城未見花。
殘雪壓枝猶有橘，凍雷驚筍欲抽芽。
夜聞歸雁生鄉思，病入新年感物華。
曾是洛陽花下客，野芳雖晚不須嗟。

元珍——丁寶臣，字元珍，官至尚書司封員外郎。
春風——此處借指君恩。
天涯——極遠之處，此時詩人遭貶官夷陵，距離皇城甚遠。
凍雷——春雷。
物華——事物變遷。
嗟——感嘆。

贈王介甫

歐陽修

翰林風月三千首，吏部文章二百年。
老去自憐心尚在，後來誰與子爭先。
朱門歌舞爭新態，綠綺塵埃拂舊弦。
常恨聞名不相識，相逢罇酒盍留連？

王介甫—王安石，字介甫，宋朝知名詩人。王收到此詩後回贈〈回贈奉酬永叔見贈〉。

翰林—官名，翰林院職掌在內朝起草詔旨。李白曾任翰林院供奉，此借指王安石的文采有如李白。

風月—詩文風采。

吏部—官名，此指韓愈，韓曾任吏部侍郎。

子—你，第二人稱。

朱門—富貴人家多漆紅色大門，借指富豪之家。杜甫〈自京赴奉先詠懷五百字〉：「朱門酒肉臭，路有凍死骨。」

綠綺—古琴名。

盍—何時。

留連—互相盡興飲酒。

與餘杭希文資政經時兩絕音問忽得訊正與近致書同日因以詩寄

韓琦

聞道郵音得到無，使來還喜發雙魚。
卻思塞上經時問，恰是吳中當日書。
人邈江山神自照，道存忠義信從疎。
昔年元白慈恩事，詩意雖同志未如。

餘杭—餘杭縣，位在今浙江省。

希文—范仲淹字希文，兩人年齡相差十九歲，忘年之交。

兩絕音問—指彼此沒有書信往來。音問，書信。

雙魚—借代來信。

經時—經過很久的一段時間。

吳中—現今江蘇一帶，

忠義—為國家報效的心情。

疎—同「疏」。

「昔年元白」句—以前元稹跟白居易也曾於同天思及對方，留下詩作，請參照〈梁州夢〉、〈同李十一醉憶元九〉。

和邵堯夫年老逢春

司馬光

年老逢春春莫咍，朱顏不肯似春回。
酒因多病無心醉，花不解愁隨意開。
荒徑倦遊從碧草，空庭慵掃自蒼苔。
相逢談笑猶能在，坐待牽車陌上來。

邵堯夫——邵雍，字堯夫，晚年與司馬光交往甚密，躬耕自足，朝廷見招不應。

咍——譏笑。

倦遊——對行旅在外的生活已經感到倦怠。

空庭——幽深的庭院。

陌——道路。

江上懷介甫

曾鞏

江上信清華，月風亦蕭灑。
故人在千里，樽酒難獨把。
由來懶拙甚，豈免交遊寡。
朱弦任塵埃，誰是知音者。

信——確實。
清華——風景清新秀麗。
蕭灑——脫俗不拘。
由來——向來如此。
懶拙——懶惰笨拙，不擅汲求功名。
交遊——與人的交際來往。

送晦叔

徐積

兩人俱是白髮翁，不用語言情意通。
且喜胸中無一事，一生常在平易中。
願公活百歲，我活九十九。
白髮變成黃髮翁，回來同把一杯酒。

黃髮——人老後，頭髮由白轉黃。

贈陳糾

子來別我時，送子到巷口。
約去百步地，出巷更引首。
乃與二三子，回所舍依依。
故人情可見，何用送行詩。

徐積

引首—伸長脖子探望。
二三子—數個人。
依依—不捨的樣子。

贈黃魯直

徐積

不見故人彌有情，一見故人心眼明。
忘卻問君船住處，夜來清夢繞西城。

黃魯直—即黃庭堅，字魯直，亦工書法，為蘇軾門生。

彌—充滿。

明—明亮、開闊。

清夢—猶言美夢。

示長安君

王安石

少年離別意非輕，老去相逢亦愴情。

草草杯盤共笑語，昏昏燈火話平生。

自憐湖海三年隔，又作塵沙萬里行。

欲問後期何日是，寄書應見雁南征。

長安君—王安石的妹妹，名王淑文，嫁給工部侍郎張奎，封號長安縣君。

草草—隨意準備。

自憐—暗自感傷。

九日次韻王鞏

蘇軾

我醉欲眠君罷休，已教從事到青州。
鬢霜饒我三千丈，詩律輸君一百籌。
聞道郎君閉東閣，且容老子上南樓。
相逢不用忙歸去，明日黃花蝶也愁。

王鞏—字定國，因烏臺詩案受牽連，貶賓州多年，回京後蘇軾曾贈〈定風波〉（常羨人間琢玉郎）。

次韻—以對方贈詩中的韻腳回贈。

青州從事—典自《世說新語．術解》：「桓公有主簿善別酒，有酒輒令先嘗，好者謂青州從事，惡者謂平原督郵。」後泛指好酒。

東閣—接待賓客、招材之處。

正月二十日往岐亭郡人潘古郭三人送余於女王城東禪莊院

蘇軾

十日春寒不出門，不知江柳已搖村。
稍聞決決流冰谷，盡放青青沒燒痕。
數畝荒園留我住，半瓶濁酒待君溫。
去年今日關山路，細雨梅花正斷魂。

岐亭—今湖北麻城西北，蘇軾的好友陳慥（季常）隱居於此。

潘、古、郭—是蘇軾到黃州後新結識的友人，潘指潘丙，字彥明。古指古耕道，通音律。郭指郭遘，善寫輓歌。

女王城—在黃州城東十五里。

搖—描繪春風蕩漾、江柳輕拂的神態。

決決—流水聲。

冰谷—尚有薄冰的溪谷，說明是早春，溪流甚細，故冠以「稍聞」二字。

青青—新生野草的顏色。

沒—淹沒、覆蓋。

燒痕—舊草為野火所燒，唯餘痕跡。

數畝荒園—即指女王城東禪莊院。

和董傳留別

蘇軾

粗繒大布裹生涯，腹有詩書氣自華。

厭伴老儒烹瓠葉，強隨舉子踏槐花。

囊空不辦尋春馬，眼亂行看擇婿車。

得意猶堪夸世俗，詔黃新濕字如鴉。

粗繒—粗絲綁髮，粗布披身。

裹—經歷。

腹有—胸有，比喻學於成。

氣—表於外的精神氣色。

華—豐盈而實美。

老儒—博學而年長的學者。

瓠葉—作為下酒的酒菜用。

「強隨舉子」句—謂忙於考舉。長安舉子，自六月後，落第者不出京，七月後投獻新課，並於諸州府拔解，人稱「槐花黃，舉子忙」。

「囊空」二句—上句謂貧困，下句謂無妻。

「得意」二句—希望董傳中舉，揚眉吐氣，以誇世俗。

詔黃—用黃麻紙寫的任官詔令。

與莫同年雨中飲湖上

蘇軾

到處相逢是偶然，夢中相對各華顛。
還來一醉西湖雨，不見跳珠十五年。

莫同年—莫君臣，與蘇軾同年進士，元祐四年八月以前任兩浙提刑，在杭州。
湖—指杭州西湖。
華顛—頭髮花白。
跳珠—指西湖上的雨水。

贈劉景文

蘇軾

荷盡已無擎雨蓋，菊殘猶有傲霜枝。
一年好景君須記，最是橙黃橘綠時。

擎—車蓋，意指荷葉如車蓋般可擋雨。
傲霜枝—冷傲的風骨。
最是—正是。
「一年」二句—勸慰朋友不要因年老而灰心，秋天才是豐收及見識風骨的最好時節。

追和張公安道贈別絕句

蘇轍

予年十八與兄子瞻東遊京師，是時，張公安道守成都，一見以國士相許，自爾遂結忘年之契……

少年便識成都尹，中歲仍為幕下賓。

待我江西徐孺子，一生知己有斯人。

張安道—張方平，字安道。累進翰林學士，拜御史中丞，神宗即位，與王安石政見不合。

尹—地區行政長官的名稱。

幕下賓—幕府賓客。

徐孺子—東漢儒士徐稚，字孺子，豫章南昌人，隱居不仕，澹泊明志，歷來被認為是「人傑」的典範。豫章太守陳蕃接見徐稚，會專設塌座，徐去便收。王勃〈滕王閣序〉：「人傑地靈，徐孺下陳蕃之榻。」

斯人—此人。

虞美人

◎寄公度

舒亶

芙蓉落盡天涵水。日暮滄波起。
背飛雙燕貼雲寒。
獨向小樓東畔、倚闌看。

浮生只合尊前老。雪滿長安道。
故人早晚上高臺。
贈我江南春色、一枝梅。

芙蓉—荷花的別稱。

滄—碧綠的水色。

背飛雙燕—燕子往不同的方向飛去，意喻勞燕分飛，朋友分離。

合—應該。

「**贈我**」—典自晉陸凱〈贈范曄詩〉：「江南無所有，聊贈一枝春。」兩人交情深厚。

寄黃幾復

黃庭堅

我居北海君南海，寄雁傳書謝不能。
桃李春風一杯酒，江湖夜雨十年燈。
持家但有四立壁，治病不蘄三折肱。
想見讀書頭已白，隔溪猿哭瘴溪藤。

黃幾復—黃介，字幾復，為黃庭堅少年時好友。

「我居」句—典出《左傳》：「風馬牛不相及」指兩地相距甚遠，即使走失牛馬亦不相及。

「桃李」句—指當年得意把酒言歡的時刻。

「江湖」句—如今落魄謫居，對比前景更顯淒苦。

「四立壁」—用司馬相如典故，比喻處境貧困。

「治病」句—化用「三折肱成良醫」的典故。意指不需再受挫折磨練，已是國家可用之才。

「想見」句—為國家皓首窮經，以展鴻圖的志願，如今已是晚年。

輓蘇黃門子由 ◎三首選二

王鞏

◎其二

已矣東門路，空悲未盡情。

交親踰四紀，憂患共平生。

此去音容隔，徒多涕淚橫。

蜀山千萬疊，何處是佳城。

子由—蘇轍字子由。

已矣—經過。

東門路—士大夫遊宦於京者，出入皆取道東門。

紀—以十二年為一紀。

佳城—墓地的美稱。自注曰：「公前年寄書，約余至許田，曰：『有南齋翠竹滿軒，可與定國為十日之飲。』此老年未盡之情也。」

◎其三

靜者宜膺壽，胡為忽夢楹。
傷嗟見行路，優典識皇情。
徒泣巴山路，終悲蜀道程。
弟兄仁達意，千古各垂名。

膺壽—應該長壽。

胡為—何為。

夢楹—典自《禮記・檀弓》，孔子曾夢見坐在兩楹之間見饋食，預見自己的死期。

仁達意—自注：「公與東坡常泊巴江，夜雨，相約伴還蜀，竟不果歸。今東坡葬汝，公歸眉。王祥有言歸葬，仁也；留葬，達也。」

九日寄秦觀

陳師道

疾風回雨水明霞，沙步叢祠欲暮鴉。
九日清尊欺白髮，十年為客負黃花。
登高懷遠心如在，向老逢辰意有加。
淮海少年天下士，可能無地落烏紗。

水明霞—晚霞將水面照得波光粼粼。

叢祠—位茂盛草木中的祠廟。

欺—壓倒勝過，此指不勝酒力。

客—為了功名仍奔波無定所。

負黃花—無心賞景，辜負了一片菊花之景。

「可能無地」句—比喻朋友雍容氣度，瀟灑。《世說新語．箋疏》記載，孟嘉跟桓溫於九月九日遊龍山，孟嘉帽子掉了不自覺，桓溫後令別人做詩文笑他，孟嘉隨即做詩回敬，文章嘉美。所以後有孟嘉落帽、九日脫帽等典故。

示三子

陳師道

去遠即相忘，歸近不可忍。
兒女已在眼，眉目略不省。
喜極不得語，淚盡方一哂。
了知不是夢，忽忽心未穩。

三子—自己的孩子，陳曾於〈別三子〉中描寫與一女二子分離的心情。

去遠—離別得久了。陳師道仕途不得意，妻子與孩子暫與岳父一起前往四川，故此為多年後會面的心情。

不可忍—無法忍耐。

不省—不認識，孩子去時年幼，已經認不得孩子了。

哂—笑。

了知—確實知道。

忽忽—迷茫的樣子。

送別

左緯

騎馬出門三月暮，楊花無賴雪漫天。
客情唯有夜難過，宿處先尋無杜鵑。

三月暮—晚春。
無賴—任意。
難過—難以度過，難捱。

偶成

李清照

十五年前花月底，相從曾賦賞花詩。
今看花月渾相似，安得情懷似往時。

偶成—偶然賦成。
相從—跟隨。曾與丈夫趙明誠一同賞花賦詩。
渾—全然。
安得—豈能。

送人歸京師

陳與義

門外子規啼未休，山村落日夢悠悠。
故園便是無兵馬，猶有歸時一段愁。

悠悠——悠遠。
便是——即使是。

絕句送巨山 ◎二首其一

劉子翬

二年寄跡閩山寺，一笑翻然向浙江。
明月不知君已去，夜深還照讀書窗。

巨山—張嵲，字巨山。
寄跡—暫住。
翻然—忽然。

送簡壽王主簿之官臨桂

◎二首其二

楊萬里

柴門草徑盡莓苔，不放黃塵俗子來。
詩客清晨衝雨入，梅花一夜為君開。
飄蕭落葉殘燈火，陸續清談濁酒杯。
二十一年才四見，驪駒抵死又相催。

之官——赴任。

莓苔——青苔。

黃塵——黃色的塵土，比喻俗事。

清談——像六朝名士那樣清雅的談論。

驪駒——逸詩篇名，係告別的歌詞。如清朱彝尊〈送陳上舍還杭州〉：「門外驪駒莫便催，紅闌亭子上行杯。」

曉出淨慈寺送林子方

楊萬里

畢竟西湖六月中，風光不與四時同。
接天蓮葉無窮碧，映日荷花別樣紅。

曉──早晨。

畢竟──到底，有誇讚名不虛傳的意思。

別樣──特別。

夜歸偶懷故人獨孤景略

陸游

買醉村場半夜歸，西山月落照柴扉。
劉琨死後無奇士，獨聽荒雞淚滿衣。

村場——鄉村市集。
柴扉——柴門。
劉琨——晉人，詩風慷慨悲涼。晉書》載劉琨半夜與祖逖聞雞鳴，不信其為不祥，兩人便起身起舞練劍，後世便有成語「聞雞起舞」，形容奮發圖強的有為青年。
奇士——德行跟才智特立獨行之人。
荒雞——三更前啼叫的雞，有不祥之意。

道中憶胡季懷

周必大

珍重臨分白玉卮，醉中那暇說相思。
天寒道遠酒醒處，始是憶君腸斷時。

白玉卮——玉做的酒杯。
那暇——哪有空閒。
道遠——等分離了一段路。

寄張季思

翁卷

荊吳中隔萬山遙，那得相逢話寂寥。
長憶梅花好時節，訪君船泊古楓橋。

荊吳—泛指長江中下游地區。
那得—怎能。

平甫見招不欲往

◎二首其一

姜夔

老去無心聽管弦，病來杯酒不相便。
人生難得秋前雨，乞我虛堂自在眠。

老去——逐漸衰老。
管弦——泛指樂器。
乞——給予。

船過桐江懷郭聖與

戴復古

只言君在桐江住，及到桐江不見君。
日暮空山獨惆悵，不知又隔幾重雲。

桐江——錢塘江流經桐盧縣內一段。

約客

趙師秀

黃梅時節家家雨，青草池塘處處蛙。
有約不來過夜半，閒敲棋子落燈花。

黃梅時節—農曆四、五月間，江南梅子黃熟，大都是陰雨連綿的時候，故稱江南雨季為「黃梅時節」。

家家雨—家家戶戶都趕上下雨。形容處處都在下雨。

處處蛙—到處是蛙跳蛙鳴。

有約—即邀約友人。

落燈花—舊時以油燈照明，燈芯燒殘，落下來時好像一朵閃亮的小花。落，使……掉落。燈花，燈芯燃盡結成的花狀物。

臘月二日攜家城東觀梅夜歸

◎四首其四

張栻

仰看鴻雁思吾弟，連日清游只欠渠。
不知千里江南路，亦有梅花似此無。

臘月—農曆十二月。
攜家—跟家人一起。
清游—清雅遊賞。
渠—此作第三人稱，指弟弟。

寄外

譚意哥

瀟湘江上探春回，消盡寒冰落盡梅。
願得兒夫似春色，一年一度一歸來。

外、兒夫——妻子對自己丈夫的稱謂。

探——尋探。

寄江南故人

曾向錢塘住，聞鵑憶蜀鄉。
不知今夕夢，到蜀到錢塘？

家鉉翁

錢塘—此詩作於南朝滅亡後，錢塘即杭州，當時為南宋京城臨安。

「聞鵑」句—用蜀主望帝典故，失國後便化為杜鵑鳥，啼聲哀鳴，至流血才止。後人便用來寄託家思。

寒夜

杜耒

寒夜客來茶當酒，竹爐湯沸火初紅。
尋常一樣窗前月，才有梅花便不同。

竹爐——在竹編器具內置放小炭爐。

友人自杭回建寄別 ◎三首其三

劉翱

水到衢城盡，梅花上嶺生。
不如寄明月，步步送君行。

嶺—大禹嶺。

寄—託付。

寄謝叔魯 ◎三首其一

謝枋得

紅葉飄搖霜露清，去年今日正同行。
夜來似與君相見，明月一窗梅影橫。

飄搖——飄落。

臨川逢鄭遐之之雲夢

嚴羽

天涯十載無窮恨，老淚燈前語罷垂。
明發又為千里別，相思應盡一生期。
洞庭波浪帆開晚，雲夢蒹葭鳥去遲。
世亂音書到何日？關河一望不勝悲。

雲夢—古澤名，具體範圍不一，一般泛指湖北地區。

蒹葭—雲夢澤旁邊的水生植物。

音書—書信。

【卷四】

金元

浣溪沙

◎別緯文張兄

元好問

欹枕寒鴉處處聽。花前雁後數歸程。小紅燈影鬧春城。

兩地相望今夜月，一尊不盡故人情。老懷牢落向誰傾。

欹—斜倚。

花前雁後—於秋季到春季之間。

牢落—寂寞寥落。

寄英上人

元好問

世事都消酒半醺，已將度外置紛紜。
乍賢乍佞誰為我，同病同憂只有君。
白首共傷千里別，青山真得幾時分。
相思後夜并州月，卻為湯休賦碧雲。

消—需要。

度外—想法之外。

乍賢乍佞—世局紛亂，人心複雜。

湯休—即南朝宋僧人湯惠休。

碧雲—江淹〈休上人怨別〉：「日暮碧雲合，佳人殊未來。」

客夜思親

宋無

老妻病女去淮西，慈母居吳鶴髮衰。
我獨天涯聽夜雨，寒燈三處照相思。

鶴髮—用潔白的鶴羽比喻年長者的白髮。
三處—作者與妻女、母親各處三地。

赴山陽

◎寄君翔、濟之、仲寬、子昂

李俊民

立馬西風不忍行，往回只是片時程。
一年又作半年客，百里有如千里情。
落日寒林山下路，淡煙疏竹水邊城。
願君把酒休惆悵，四海由來皆弟兄。

立馬—駐馬而立。

淡煙—輕煙。

由來—自始以來、從來。

九月七日舟次寶應縣雨中與弟別

薩都剌

解纜不忍發，船頭雨濕衣。
汝兄猶是客，吾弟獨先歸。
行役關河遠，虛名骨肉稀。
如何淮上雁，不作一行飛。

次——到。

汝兄——指作者自己。

關河——山河。

虛名——空泛無實的名聲。猶言因此才使自己與家人分離。

「如何」二句——除指家人不同能雁相聚，作者一家定居於雁門，而弟弟先歸，獨留作者一人。唐七歲女子〈送兄〉：「所嗟人異雁，不作一行飛。」亦同此意。

次韻與德明小友

◎二首其一

薩都剌

煙雨短篷水口，人家亂石山前。

送別莫忘今日，相逢知在何年。

次韻—在酬唱詩中，模仿對方來信中的韻回贈。

小友—年長者對年輕有為者的稱呼。

短篷—小船。

水口—從船上流下的水。

人家—住家。

送人之浙東

薩都剌

我還京口去，君入浙東遊。
風雨孤舟夜，關河兩鬢秋。
出江吳水盡，接岸楚山稠。
明日相思處，惟登北固樓。

京口—即江蘇鎮江市。
接岸—靠岸。
北固樓—又叫北固亭，在鎮江寺北固山甘露寺中。

送余廷心翰林應奉

成廷珪

楓葉蕭蕭江已秋，吳船三日住揚州。
靛花深染青綾被，雲葉新裁紫綺裘。
征驛馬嘶風滿樹，別筵人散月當樓。
明年春雁將書去，人在蓬瀛第幾洲。

靛花—一種植物，浸泡可以做為染料，亦可入中藥。

青綾—藍色有花紋的布料。

雲葉—濃密的葉子。

蓬瀛—蓬州和瀛州，為傳說中神仙居住的地方，也泛指遊玩的地方。

【卷五】

明朝

送人之巴蜀

吳文泰

煙波迢遞古荊州，君去應為萬里遊。
倚棹遙看湘浦月，聽猿初泊渚宮秋。
雲開巫峽千峰出，路轉巴江一字流。
若見東風楊柳色，便乘春水泛歸舟。

迢遞—距離遙遠。
倚棹—指泛舟。棹，船槳。
渚宮—代指江陵。
開—散開。

送岳季方還京

郭登

登高樓，望明月，明月秋來幾圓缺？
多情只照綺羅筵，莫照天涯遠行客。
天涯行客離家久，見月思鄉搔白首。
年年嘗是送行人，折盡邊城路傍柳。
東望秦川一雁飛，可憐同住不同歸。
身留塞北空彈鋏，夢繞江南未拂衣。
君歸復喜登臺閣，風裁棱棱尚如昨。
但令四海歌昇平，我在甘州貧亦樂。

嘗是—曾是。

彈鋏—戰國人馮諼為孟嘗君門下食客，不得用，邊三次彈長鋏邊歌不如歸去，孟嘗君聞後更加禮遇。

風裁—指神情風采。

棱棱—威嚴氣勢的樣子。

昇平—盛世太平。

甘州城西黑水流，甘州城北胡雲愁。
玉關人老貂裘敝，苦憶平生馬少游。

敝—破舊。
馬少游—漢將馬援從弟，生性淡泊，無意功名。

夏口夜泊別友人

李夢陽

黃鶴樓前日欲低，漢陽城樹亂烏啼。
孤舟夜泊東遊客，恨殺長江不向西。

殺——極。

重贈吳國賓

邊貢

漢江明月照歸人，萬里秋風一葉身。
休把客衣輕浣濯，此中猶有帝京塵。

重贈—再贈一次。

浣濯—清洗衣物。

帝京塵—京城的塵土，用來比喻寄託的理想抱負。

寄外

黃娥

雁飛曾不度衡陽，錦字何由寄永昌？
三春花柳妾薄命，六詔風煙君斷腸。
曰歸曰歸愁歲暮，其雨其雨怨朝陽。
相聞空有刀環約，何日金雞下夜郎！

外—對丈夫的稱呼，黃娥為明朝知名詞人楊慎的繼室。

錦字—用北朝蘇蕙織錦回文詩給丈夫典故，《晉書》載：「滔，苻堅時為秦州刺史，被徙流沙，蘇氏思之，織錦為回文旋圖詩以贈滔。宛轉迴圈以讀之，詞甚淒惋。」

三春—春天分成孟春、仲春、季春，此謂春將盡。

六詔—為雲南、四川等六個少數民族的分支。時逢楊慎被貶去雲南的永昌縣，故云。

「曰歸」句—典自《詩經・小雅・采薇》：「曰歸曰歸，歲亦暮止。」黃娥擔心丈夫到了年底還是無法回來。

刀環約—漢朝李陵被俘，漢朝使者見到李，用手摸刀環，意指可歸漢朝。

金雞—星官名，古人相信天雞星動，當有赦。李白〈流夜贈辛判官〉詩：「我愁遠謫夜郎去，何日金雞放赦回？」夜郎即在今雲南一帶。

於郡城送明卿之江西 ◎四首其二

李攀龍

青楓颯颯雨淒淒，秋色遙看入楚迷。
誰向孤舟憐逐客？白雲相送大江西。

颯颯——風聲。
迷——迷濛不清。

對月答子浚兄見懷諸弟之作

皇甫坊

南北何如漢二京，迢迢吳越兩鄉情。
謝家樓上清秋月，分作關山幾處明。

子浚兄—皇甫冲字子浚，為作者的哥哥。

漢二京—西漢定都京城長安，東漢則定京城洛陽。

「謝家」句—南朝謝莊作〈月賦〉，假想曹植與王粲月夜信步，描寫月下清景與流動情思。

寄弟

徐熥

春風送客翻愁客，客路逢春不當春。
寄語鶯聲休便老，天涯猶有未歸人。

飜—同「翻」，反轉成。
不當—不適合。

【卷六】

清朝

遇舊友

吳偉業

已過才追問，相看是故人。
亂離何處見，消息苦難真。
拭眼驚魂定，銜杯笑語頻。
移家就吾住，白首兩遺民。

已過——擦身而過。

苦難——受過的苦。

銜杯——喝酒。

遺民——亡國之民，作者生逢明末清初改朝換代之時。

別紫雲

陳維崧

二度牽衣送我行，并州才唱淚縱橫。
生憎一片江南月，不是離筵不肯明。

牽衣——拉著衣襟。

酬洪昇

朱彝尊

金臺酒坐擘紅箋，雲散星離又十年。
海內詩家洪玉父，禁中樂府柳屯田。
梧桐夜雨詞淒絕，薏苡明珠謗偶然。
白髮相逢豈容易，津頭且攬下河船。

金臺—華美的臺子。即黃金臺，戰國燕昭王築臺求賢士。

酒坐—酒席。

擘紅箋—分箋題詩。擘，分開。

洪玉父—宋人洪炎，字玉父，詩風似黃庭堅，兄弟都以詩文知名。

柳屯田—柳永曾任屯田員外郎。

薏苡明珠—見《後漢書．馬援傳》，馬援出戰交趾，想將南方的薏仁載回種植，卻被人汙衊載回的是珍珠。比喻被栽贓冤枉。

寄虞山王石谷

惲格

東望停雲結暮愁，千林黃葉劍門秋。
最憐霜月懷人夜，鴻雁聲中獨倚樓。

王石谷—明人王準，號石谷。

停雲—雲朵停滯在天空不動。

金縷曲

寄吳漢槎寧古塔，以詞代書，丙辰冬寓京師千佛寺，冰雪中作。◎二首

顧貞觀

◎其一

季子平安否？
便歸來，平生萬事，哪堪回首？
行路悠悠誰慰藉？母老家貧子幼。
記不起，從前杯酒。
魑魅搏人應見慣，
總輸他，覆雨翻雲手。

吳漢槎—名兆騫，參加鄉試時受考場弊案牽連，個性自傲，拒絕參加由順治皇帝舉辦的重新複試，被下獄後仍被流放寧古塔多年。顧貞觀感嘆自己無力營救朋友，後納蘭讀到此詞，大受感動，與父親一起將吳兆騫營救出來。

季子—春秋吳王的兒子季札，後人稱其高風亮節，因吳兆騫也姓吳，故此稱。

魑魅—傳說山中會害人的鬼怪，此指邪惡之人。

覆雨翻雲—將世局變化萬端。

冰與雪，周旋久！
淚痕莫滴牛衣透，
數天涯，依然骨肉，幾家能彀？
比似紅顏多命薄，更不如今還有。
只絕塞，苦寒難受。
廿載包胥承一諾，
盼烏頭馬角終相救。
置此札，君懷袖。

牛衣─為牛禦寒的衣物，例如蓑衣等。此比喻貧苦之士。

彀─同「夠」。

絕塞─極遠的邊塞。

廿載─自吳兆騫被流放寧古塔已二十年。

包胥─即春秋的申包胥，楚國大夫，當吳國用計攻破楚國，他成功前往秦國求救，使秦派兵救楚。

承─答應。

烏頭、馬角─典自《史記‧刺客列傳》，戰國末年燕國太子在秦國作人質，向秦王求歸，秦王說：「烏頭白，馬生角，乃許耳。」比喻現實中不可能的事。但故事後記載，因燕太子感動天意，窗外飛來一隻白頭烏鴉，秦王便只能放他回去。

札─書信。

◎其二

我亦飄零久，
十年來，深恩負盡，死生師友。
宿昔齊名非忝竊，試看杜陵消瘦。
曾不減，夜郎僝僽。
薄命長辭知己別，
問人生，到此淒涼否？
千萬恨，為君剖。

齊名—《感引集》卷十六引顧震滄的話：「貞觀幼有異才，能詩，尤工樂府。少與吳江吳兆騫齊名。」

忝竊—苟且得其位，指名不符實。

杜陵—杜甫祖籍杜陵，故自稱杜陵野老。

曾不—不曾。

夜郎—指李白曾被流放夜郎一事。

僝僽—折磨、愁煩。

兄生辛未我丁丑，
共些時，冰霜摧折，早衰蒲柳。
詞賦從今須少作，留取心魂相守。
但願得，河清人壽。
歸日急翻行戍稿，
把空名料理傳身後。
言不盡，觀頓首。

辛未—年曆的計算方式，吳兆騫生於崇禎四年（一六三一年）。
丁丑—顧貞觀生於丁丑年，即明崇禎十年（一六三七年）。
蒲柳—水楊樹，一入秋就很快凋零的樹木。
河清人壽—傳說中黃河每千年就會變清澈乾淨，用此比喻人長壽。
行戍稿—在邊境所寫的書信。
料理—處理。
觀—顧貞觀的名字簡稱。

津門官舍話舊

對床通夕話，官舍一燈紅。
十年存歿淚，併入雨聲中。

邵長蘅

官舍—官吏的住宅。

存歿—人事亡故。

金縷曲

◎贈梁汾

納蘭性德

德也狂生耳！

偶然間、淄塵京國，烏衣門第。

有酒惟澆趙州土，誰會成生此意？

不信道、遂成知己。

青眼高歌俱未老，

向尊前、拭盡英雄淚。

君不見，月如水。

梁汾—顧貞觀號梁汾。

德—作者自稱。

狂生—狂妄之人。

淄塵—染黑的灰塵。用來形容混跡於此。

青眼—另眼相待、欣賞。

共君此夜須沉醉。

且由他、娥眉謠諑，古今同忌。

身世悠悠何足問，冷笑置之而已！

尋思起、從頭翻悔。

一日心期千劫在，

後身緣恐結他生裡。

然諾重，君須記！

娥眉—借指美麗的女子。

謠諑—毀謗、不真實的話。

心期—希望、願望。

千劫—困難重重。

送蓀友

納蘭性德

人生何如不相識，君老江南我燕北。
何如相逢不相合，更無別恨橫胸臆。
留君不住我心苦，橫門驪歌淚如雨。
君行四月草萋萋，柳花桃花半委泥。
江流浩淼江月墮，此時君亦應思我。
我今落拓何所止，一事無成已如此。
平生縱有英雄血，無由一濺荊江水。
荊江日落陣雲低，橫戈躍馬今何時。

蓀友—嚴繩孫，字蓀友，以布衣被薦，受皇帝看重，後授官修《明史》。

委—置。

浩淼—廣闊的樣子。

墮—落下。

落拓—落魄失意。

陣雲—厚重的雲。

忽憶去年風月夜，與君展卷論王霸。
君今偃仰九龍間，吾欲從茲事耕稼。
芙蓉湖上芙蓉花，秋風未落如朝霞。
君如載酒須盡醉，醉來不復思天涯。

展卷——展開書卷。

偃仰——沉浮、應對。

雨泊話舊

沈德潛

寒雨蕭蕭夜打蓬，蓬窗相對一燈紅。
十年無限存亡感，併入空江話雨中。

蕭蕭──形容風聲。
蓬──船蓬。

憶母

倪瑞璿

河廣難杭莫我過，未知安否近如何？
暗中時滴思親淚，只恐思兒淚更多。

「河廣」句—典自《詩經．衛風．河廣》：「誰謂河廣？一葦杭之。誰謂宋遠？跂予望之。誰謂河廣？」，詩序云：「河廣，宋襄公母歸于衛，思而不止。」為思鄉之作。

杭—通「航」，渡水而過。

大姊索詩

袁枚

六旬誰把小名呼？阿姊還能認故吾。
見面恍疑慈母在，徐行全賴外孫扶。
當前共坐人如夢，此後重逢事恐無。
留住白頭談舊話，千金一刻對西湖。

「六旬」二句—作者感嘆，都年過六十了，只有姐姐還可以叫自己小名，能以這樣輩分喚自己小名的人已不多了。

六旬—六十歲，十年為一旬。

徐行—慢慢行走。

千金一刻—寶貴的時間。

歲暮到家

愛子心無盡，歸家喜及辰。
寒衣針線密，家信墨痕新。
見面憐清瘦，呼兒問苦辛。
低徊愧人子，不敢嘆風塵。

蔣士銓

歲暮—年底。

及辰—趕得上在過年前回家。

「寒衣」二句—描寫看到母親的動作，幫兒子縫好了冬衣，也正要寄出家書。

愧—愧疚。

不敢嘆風塵—不敢跟母親訴說沿路的辛苦。

西湖晤袁子才喜贈

趙翼

不曾識面早相知，良會真誠意外奇。
才可必傳能有幾，老猶得見未嫌遲。
蘇堤二月如春水，杜牧三生鬢有絲。
一個西湖一才子，此來端不枉遊資。

晤—碰面。
袁子才—袁枚，清知名詩人，字子才。
端—果真。
遊資—出遊的費用，指來此遊玩。

金陵別邵大仲游

黃景仁

三千餘里五年遙，兩地同為斷梗漂。
縱有逢迎皆氣盡，不當離別亦魂銷。
經過燕市成吳市，相送皋橋又板橋。
愁絕馱鈴催去急，白門煙柳晚蕭蕭。

斷梗—被折斷的莖梗，比喻自己漂流不定。
逢迎—應酬往來。
不當—不合適的。

己亥雜詩　◎其二十八

龔自珍

不是逢人苦譽君，亦狂亦俠亦溫文。
照人膽似秦時月，送我情如嶺上雲。

苦譽—極力稱讚。
溫文—溫文儒雅，禮貌溫和。
照人膽—待人真誠。

又寄內子

黃遵憲

十年歡聚不知愁，今日分飛獨遠遊。
知否吾妻橋上望，淡煙疏柳數行秋。

內子——對自己太太的稱呼。

吾妻橋——表達對妻子的思念，作者自注：「日本東京有吾妻橋。」

維揚舟次遇鄉人南歸

陸宗濰

忽聽鄉音喚阿蒙，月明橋畔此浮蹤。
乘君下水歸帆便，寄我平安第一封。

維揚—揚州的別稱。
舟次—船隻停泊之處。
浮蹤—漂浮不定的行蹤。
便—託……之便。

元日哭先大人

一夜思親淚，天明又復收。
恐傷慈母意，暗向枕邊流。

周淑媛

先大人—已故的父親。
恐傷—怕母親看見自己哭泣，也會引起傷感。

【卷七】

近代

病起謝徐寄塵小淑姊妹

秋瑾

朋友天涯勝兄弟，多君姊妹更深情。
知音契洽心先慰，身世飄零感又生。
勸藥每勞親執盞，加餐常代我調羹。
病中忘卻身為客，相對芝蘭味自清。

契洽—契合融洽。
勞—勞煩。
加餐—用餐。

清明懷友

秋瑾

節屆清明有所思，東風容易踏青時。
看完桃李春俱豔，吟到荼蘼興未辭。
詩酒襟懷憎我獨，牢騷情緒似君痴。
年年乏伴徒呼負，幾度臨風憶季芝？

荼蘼—植物名，薔薇灌木，於暮春至夏初開花。

辭—盡。

憎—憾恨。

臨行留別寄塵小淑

◎五首選一

秋瑾

惺惺相惜二心知，得一知音死不辭。

欲為同胞添臂助，只言良友莫言師。

惺惺相惜—彼此同情、憐惜。

死不辭—即使死去也不可惜。

哭寄鑒湖女俠 ◎十二首其三

徐自華

慷慨雄談意氣高，拼流熱血為同胞。
忽遭讒謗無天日，竟作犧牲斬市曹。
羞煞衣冠成敗類，請看巾幗有英豪。
冤魂豈肯甘心滅，飛入錢塘化怒濤。

鑒湖女俠—即秋瑾，近代女權運動家，自稱鑒湖女俠，後革命失敗被處決。

市曹—商店聚集的地方，古時多於此處決罪犯。

羞—羞恥。

衣冠—仕宦顯達、名門望族。借指讀書人。

巾幗—古代女子用來蓋住頭髮的頭巾與髮飾。借指女子。

國家圖書館出版品預行編目（CIP）資料

桃李春風一杯酒：歷代懷人友情詩 / 周元白,
林庭安編選. -- 第一版. -- 新北市：人人出版
股份有限公司, 2021.08
面；公分. --（人人讀經典系列；28）
ISBN 978-986-461-255-0（精裝）

831　　110011586

【人人讀經典系列 28】

桃李春風一杯酒

歷代懷人友情詩

編選 / 周元白、林庭安
執行編輯 / 林庭安
發行人 / 周元白
出版者 / 人人出版股份有限公司
地址 / 231028 新北市新店區寶橋路 235 巷 6 弄 6 號 7 樓
電話 /（02）2918-3366（代表號）
傳真 /（02）2914-0000
網址 / www.jjp.com.tw
郵政劃撥帳號 / 16402311 人人出版股份有限公司
製版印刷 / 長城製版印刷股份有限公司
電話 /（02）2918-3366（代表號）
經銷商 / 聯合發行股份有限公司
電話 /（02）2917-8022
第一版第一刷 / 2021 年 8 月
定價 / 新台幣 250 元
港幣 83 元

※ 本書內頁紙張採敦榮紙業進口日本王子 58g 文庫紙